中华优秀传统文化经典选读

中国神话传说

靳瑞刚 主编

海燕出版社
· 郑州 ·

熟读经典 承志启德

国学经典是中华传统文化中最重要、最具生命力的一部分。继承和发扬国学经典，让少年儿童接受国学精粹的熏陶，有利于陶冶国人的道德情操，提升国人的精神境界，加强中华民族的整体文化素养。在“诵读国学经典”的社会热潮中，在“传统文化进课堂”的呼声越来越高的背景下，我们精心选编了一系列颇具代表性的国学经典，力求为少年儿童构建一个较为全面、系统的国学知识体系。

我们为什么要读国学

国学经典博大精深，内涵丰富，是中华民族的立世之本。品读国学经典，能提升我们的境界、安抚我们的心灵、帮助我们塑造良好的品格，使我们获得无限的智慧。少年儿童正处于求知欲强、记忆力好的阶段，应该有意识地把一些经典的、有价值的作品读下来、背下来，做到烂熟于心，以便在今后的人生道路上能“厚积薄发”“融会贯通”。这种经由记忆，通过体验，再到理解、内化的教育模式，看似简单，实则科学、高效。

我们应该怎样读国学

读国学的方法其实很简单，第一是读，第二是读，第三还是读。古人云：“书读百遍，其义自见。”大意是说，读书的时候，遇到不懂的地方，多读几遍，读熟了，也就明白了。当然，国学经典的内涵十分深奥，不同的阶段去读，可能获得不同程度的理解。所以我们可以先通过注释和译文粗知大意，在此基础上背诵下来。“幼学如漆”，就是说我们小时候背诵的东西，记忆会更牢固。先背诵下来，随着年龄的增长、阅历的丰富，会再慢慢消化、逐步理解这些知识，使其成为我们灵魂的一部分。

著名学者、教育家陶继新老师说：“经典文化如果内化到我们个体的心里，外化出来的就是一道绚丽的风景。因为经典文化可以改变我们的话语方式、思维方式，甚至言行举止，以至于心灵状态。”这些话的大意就是，我们要从小读一些经典，接受经典的教育、熏陶，使自己成为一个有品味的人。让我们亲近国学吧！通过读国学，慢慢成长为堂堂正正、有自觉自信的人。

熊江平

（人民教育出版社中学语文室编审、课程教材研究所研究员）

目录

神话传说是一个民族和国家的宝贵精神财富，反映了人类早期社会的婚姻家庭制度、原始宗教、风俗习惯等内容，以故事的形式表达人们对美好生活的向往与追求。中国神话传说丰富多样，语言生动有趣，在我国文学史上有着非常重要的地位，具有无穷的魅力。本书节选了一些在我国历史上广泛流传的神话故事、传说，图文并茂地加以展现。同时，我们还精心设计了一些能够拓展思维的练习题，以及与神话故事、传说相关的知识点，让读者在思考中理解故事，以便吸取故事中的精华。

盘古开天辟地

传说太古时候，天地没有像现在这样分开，整个宇宙就像一个鸡蛋。里面一片混沌，没有天地，没有日月星辰。可是，这片混沌黑暗之中，孕育了创造世界的盘古。

盘古在这片混沌里足足被孕育了一万八千年。当他醒过来时，发现周围黑乎乎的一片，手脚也伸展不开，感觉非常不舒服。盘古发起怒来，抓起一把一直在身边的大斧，用力一挥，紧紧包裹着他的混沌黑暗就慢慢地分离了。其中轻而清的东西冉冉上升，变成蓝天；重而浊的东西则渐渐沉降，变成大地。为了防止天地重新合起来，盘古就手撑天、脚踏地，努力不让天压到地面上。日复一日，年复一年，一万八千年过去了，天地被他撑开的高度达约九万里，他也长成了一个巨人。

时间飞逝，不知又过了多少年，天地终于稳固了，盘古这才放下心来。此时的他已经累得筋疲力尽，躺下来睡着了，并在熟睡中死去。盘古开天辟地，耗尽了心血。在睡梦中他还想着：光有蓝天、大地不行，还得在天地间造日月山川、人类万物。可是他已经累倒了，再也不能亲手造这些了。最后，他想：把我的身体留给世间吧！

于是，盘古的头变成东山，双脚变成西山，身躯变成中山，左臂变成南山，右臂变成北山。这五座山确定了大地的四个角和中心。它们像巨大的石柱一样耸立在大地上，各自支撑着天的一角。

盘古的左眼变成太阳，右眼变成月亮。他的头发和眉毛，变成天上的星星。他嘴里呼出来的气，变成风和云雾，使万物得以生长。他的声音变成雷霆闪电。他的肌肉变成大地的土壤，筋脉变成道路。他的骨头、牙齿变成埋藏在地下的金银铜铁、玉石宝藏。他的血液变成滚滚的江河，汗水变成雨和露。他的汗毛变成花草树木，他的精魂变成鸟兽虫鱼。

从此，天上有了日月星辰，地上有了山川树木、鸟兽虫鱼，天地间有了世界。

词语积累

震耳欲聋：耳朵都快震聋了，形容声音很大。

筋疲力尽：形容非常疲劳，一点儿力气也没有了。

阅读感悟

盘古开天辟地的故事，是古人对人类始祖的神化，它体现了古人向往光明，为造福人类社会无私奉献的精神。为了他人的幸福，牺牲自己的利益甚至生命，这是多么崇高的精神啊！

知识拓展

你知道下列词语的含义吗？请解释一下吧！

神话：____________________

开天辟地：____________________

女娲造人

盘古开天辟地，用自己的身躯造出日月星辰、山川草木。那残留在天地间的浊气慢慢化作鸟兽虫鱼，为死寂的世界增添了生气。

据传，女娲放眼四望，虽然山岭起伏、江河奔腾、丛林茂密、草木争辉，但是她总觉得有一种说不出的寂寞。慢慢地，女娲明白了自己寂寞的原因，原来山川河流虽然十分壮丽，但自己无法与它们交流。女娲豁然开朗，原来是因为世界缺少像她一样的生物。

想到这儿，她马上用手在池边挖了些泥土，和上水，照着自己在水中的倒影捏了起来。捏着捏着，捏成了一个小小的东西，模样与她自己差不多，也有五官七窍、双手两脚。捏好后往地上一放，那小东西居然活了。女娲一见，满心欢喜，接着又捏了许多。她把这些小东西叫作“人”。

这些人是仿照女娲的模样造出来的，气概、举止自然与别的生物不同，会叽叽喳喳地讲和女娲一样的话。

女娲那寂寞的心一下子温暖起来，她想让世界到处都有她亲手造的人，于是不停地工作，捏了一个又一个。最后她双手都捏得麻木了，捏出的小人分布在大地上，仍显得太稀少。她觉得这样下去不行，就顺手折下一条藤蔓，伸入泥潭里，蘸上泥浆向地上挥洒。结果点点泥浆都变成一个个小人，与女娲用手捏成的人模样相似，这样一来比捏的速度快多了。

女娲在大地上造出许多人来，她十分高兴，寂寞感一扫而空。她觉得很累了，要休息一下，就到四处走走，看看那些人生活得怎么样。

一天，她来到一个地方，见人烟稀少，十分奇怪。她俯身仔细察看，见地上躺着不少小人，原来这些是她最初造出来的小人，他们已头发花白，寿终正寝了。

女娲见了这种情形，十分着急，她想到自己辛辛苦苦造人，人却不断衰老死亡，这样下去，总不是办法。

于是女娲参照世上万物繁衍后代的方法，叫人类也男女结合，繁衍后代。因为人是仿神的生物，不能与禽兽等同，所以她又建立了婚姻制度，使之有别于禽兽乱交。后来世人就把女娲奉为“媒神”。

词语积累

豁然开朗：从黑暗狭窄突然变得宽敞明亮，比喻突然领悟了一个道理。

寿终正寝：寿终，因年老而自然死去。正寝，住房正屋，旧时人死后灵柩一般停放于此。指老年人安然死在家中，也比喻事物自然消亡。

阅读感悟

无论是传说中的女娲造人，还是女娲创造了人类婚姻，都告诉我们要懂得变通，因为只有灵活应变，才可能避免走入死胡同，才能与时俱进，把事情做好。

共工怒触不周山

相传颛顼是黄帝的孙子，号高阳氏，居于帝丘（今河南濮阳附近）。他聪明敏慧，有智谋，在民众中有很高的威信。

与颛顼同一时期，还有个部落领袖，叫作共工氏。传说他人首蛇身，长着满头红发，坐骑是两条飞龙。他重视农耕，尤其重视水利，发明了筑堤蓄水的办法。

共工有个女儿叫后土，对农业也很精通。他们为了发展农业，办好水利，就一起考察了部落的土地情况。他们发现有的地方地势太高，给田地浇水很费力；有的地方地势太低，很容易被淹。共工氏认为：将高低不平的地垫平整可以扩大耕种面积；高地去平，有利于水利灌溉，对发展农业生产大有好处。因此他们制订了一个计划，把高处的土运去垫高低地。

颛顼不赞成共工氏的做法。颛顼认为，自己在部族中的地位至高无上，整个部族应当只听从自己的号令，共工氏不能自作主张。于是，颛顼与共工氏之间发生了一场十分激烈的战斗。

论力气，共工氏比颛顼强；论机智，他却不如颛顼。颛顼利用鬼神之说，煽动部落民众，叫他们不要相信共工氏。当时不少人相信了颛顼的话，认为共工氏一平整土地，就真的会触怒鬼神，引来灾难。

共工氏不能得到民众的理解和支持，但他坚信自己的做法是正确的，坚决不肯妥协。为了部族的利益，他决心牺牲自己，用生命去捍卫自己的权威。他来到不周山（据说在今昆仑山西北），想把不周山的峰顶撞下来，来表示自己的坚强决心。

共工氏驾起飞龙，来到半空中，然后猛地撞向不周山。霎时间，随着一声震天巨响，只见不周山被共工氏猛然一撞，立即拦腰折断，整个山体崩塌了。天地之间发生了巨变：天空中，日月星辰都变了位置；大地上，山川移动，河川变流。原来不周山是天地之间的支柱，天柱折断了，使得系着大地的柱子也断了，只见大地向东南方向塌陷，天空向西北方向倾倒。因为天空向西北方向倾倒，日月星辰就每天都从东边升起，从西边落下；因为大地向东南塌陷，大江大河的水就都奔腾向东，流入东边的大海。所以，世间原本的景象全部颠倒了。

共工氏的英勇行为使他受到了人们的尊敬。在他死后，人们奉他为水神，他的女儿后土则被人们奉为社神（即土神）。

词语积累

自作主张：指没有经过上级或有关方面同意，就擅自处置。

煽动：鼓动（别人去做坏事）。

阅读感悟

凡事不能总想着个人利益，每个人的生存和发展，不可能脱离集体，个人只有紧紧地依靠集体，才能有无穷的力量。如果总以自我为中心，把个人利益放在第一位，最后就可能会损害集体利益。

女娲补天

女娲是一位善良的神，据传她曾经为人类做过许多好事。比如说她创造了人类婚姻，还给人类造了一种叫笙簧的乐器。最使人类感动的是女娲补天的故事。

共工撞倒不周山后，支撑天地之间的大柱折断了，天倒下去了半边，出现了一个个大窟窿；地也裂成一道道大裂纹，洪水从地底下喷涌出来；山石因撞击而迸发出的火花，使一片片山林燃烧起熊熊烈火；毒虫猛兽四处逃窜，残害百姓。人类面临着空前的大灾难。

女娲目睹人类遭受到的灾难，感到无比痛苦。她决心把天地修补起来，让人类重新过上美好的生活。

拿什么来修补天地呢？女娲环视周围，深思了许久。忽然，她想到了一个绝妙的主意。

女娲选出各种各样的五色石，架起火来将它们熔化成浆，用这种石浆将残缺的天窟窿填好。经过无数次的努力，女娲终于补好了天。

可是坍塌了半边的天又用什么来支撑呢？女娲想到了东海的神龟。她来到东海，斩下东海神龟的四只脚，作为支撑天的四根柱子。随后，她来到不周山倒塌的西北部，把倒塌的半边天支起来。

为了让洪水不再漫延，女娲收集了许许多多芦草，把它们烧成灰，堵塞到洪水流经的大小沟壑里。女娲付出了比造人时还要多出百倍的精力，才把地上纵横交错的沟壑填平。

那时，四处逃窜的毒虫猛兽还危害着百姓安全。女娲擒杀了残害人类的黑龙，这样一来，毒虫猛兽都害怕了，相继躲进深山老林，再不敢到处肆虐了。

经过女娲一番整治，苍天总算补上了，地也填平了，水也止住了，毒虫猛兽销声匿迹了，天地间恢复了平静，还出现了五彩云霞。大地上又是一片生机勃勃的景象，人们重新过上了安乐的生活。

词语积累

纵横交错：形容多种事物或情况交叉错杂的样子。

销声匿迹：形容隐藏起来或不公开出现。

阅读感悟

在故事中，由于女娲的智慧和果敢，天地获得了修补，人类也从巨大的灾难中解脱出来。女娲以天下为己任，以人类的利益为重，勇于战胜困难的大无畏精神和富于创造的创新精神值得我们学习。

知识拓展

女娲炼石补天时剩下一块石头，被丢弃在大荒山无稽崖青埂峰下，后被茫茫大士、渺渺真人带入红尘，历经了离合悲欢。以上情节出自我国四大经典名著中的《________________》。

伏羲教打鱼

女娲造人以后，世间一天比一天热闹起来了。可是，那时候的人不知道如何种庄稼，吃饭成了一个大问题。

据说，伏羲见此很难过。他想了三天三夜，都没有想出个可以解决吃饭问题的办法来。到了第四天，他走到河边，看见一条又大又肥的鲤鱼从水面上跳起来。伏羲想：这些鲤鱼又大又肥，弄来吃不是很好嘛！他打定主意，就下河去抓鱼，不一会儿，就捉到了一条又肥又大的鲤鱼。伏羲很高兴，就把鲤鱼拿回家去。

伏羲把鱼分给众人，大家吃了，都觉得味道不错。伏羲说："既然鱼好吃，以后我们就动手捉鱼。"人们当然赞成，立刻就跑到河里去捉鱼。捉了一个下午，差不多每人都捉到了一条，还有捉到三四条的。这下子大家都欢喜得不得了，把鱼拿回去美美地吃了一顿。伏羲又打发人给住在别的地方的人们送信，喊他们都来捉鱼吃。

就这样，不到三天，人们都学会捉鱼了。

偏偏好事多磨。第三天早上，龙王忽然带着乌龟丞相跑来了，他恶声恶气地对伏羲说："谁让你来捉鱼的？你们这么多人要把我的龙子龙孙们捉完吗？"

伏羲问："你不准我们捉鱼，那我们吃什么？"

龙王气冲冲地说："你们吃什么我不管，就是不准你们捉鱼！"

伏羲说："好。不准捉我们就不捉！以后我们就来喝水，让你们所有的水族都干死！"

龙王听伏羲这么一说，十分害怕。正进退两难时，乌龟丞相凑到龙王耳朵边上，悄悄地说："你看这些人都是用手捉鱼，你就给他们定个规矩：只要他们不喝干河水，就让他们去捉，但是不许用手捉。他们不用手就捉不到鱼。"

龙王一听这话，十分高兴，就和伏羲立下了约定，伏羲也同意了。

伏羲回去以后，就想不用手捉鱼的办法。忽然，他看见两根树枝中间有个蜘蛛在结网。伏羲看见蜘蛛结网，突然开了窍。他跑到山上找了一些葛藤来当绳子，把它们编成一张网，然后砍了两根木棍绑在网上，又拿了一根长棍绑到中间，就做好了网。他把网往河里一撒，隔了一会儿，把网往上一拉，里面全是鱼。伏羲就把结网的方法教给人们。从此以后，人们就都知道用网来捕鱼了，再也不缺吃的了。一直到现在人们还是用网捕鱼。

词语积累

好事多磨：好事情在实现、成功前常常会经历许多波折。

进退两难：进退都不好，形容处境困难。

阅读感悟

在下河捉鱼遭到龙王的强烈反对后，伏羲并没有放弃，而是想出用网捕鱼的方法来帮助人类。当我们面对强者时，不一定非要用武力和对方抗争到底，而可以运用我们的智慧，让对方心服口服。

知识拓展

给下面的多音字注音并组词。

少{ ____（　　）/ ____（　　）}　　都{ ____（　　）/ ____（　　）}　　长{ ____（　　）/ ____（　　）}

踏车星

相传，远古时候，水神河伯和火神祝融为了争夺地位，打得天昏地暗。他们这一打不要紧，可就苦了人类：今天河水淹没了田地，明天烈火烧毁了房屋，人们生活在水深火热之中。最后祝融赢得胜利，但他命令雨师不得出门，使得大地干涸，人们无法生存。

人间有一户人家，只有姐妹两人——姐姐彩霞和妹妹彩虹。她们决定去找善良又乐于助人的彩云姑姑，指点找水之路。乡亲们听说彩霞和彩虹要为大家找水，都十分感动，特地为她们每人赶缝了一件百家衣，含着热泪送她们俩上路。

姐妹俩来到彩云山，见到了彩云姑姑。彩云姑姑说："要解除人间疾苦，光有一颗善良的心和美好的愿望是不够的，还必须机智勇敢，不怕吃苦。"彩霞和彩虹斩钉截铁地对彩云姑姑说："只要能给乡亲们带来水，再苦再累我们也不怕。"

彩云姑姑说："天上有一条天河，河边有一架水车，人间的水就是从那里来的。水车原本由水车神掌管，但祝融怕水族的势力增大，便不准水族成员担任此职，而祝融的手下又不能管理水，所以人间就始终没有水。"

彩霞和彩虹在彩云姑姑的指点下，凭着坚强的毅力闯过了火王宫，游过了水族府。她们被烧得皮开肉绽，冻得浑身发紫。但是，她们一看到身上穿的百家衣，想到乡亲们的期望，就觉得浑身都是力量。最后，她们到了天河边，一起跨上天车，踩动起来，于是清凉的水从天上源源不断地流向人间大地，流向每条大河、小溪。人们又能耕种田地，收获粮食，不再挨饿了。

祝融得知人间有水的消息后，大发雷霆，命令太阳加倍地放射出光和热，把大地上的水重新收回天河。每到夏天，太阳就特别毒辣，虽然彩霞和彩虹姐妹俩拼命踩水车，但水还是不够人间用，所以夏天的河水特别浅。但这些水是从天河里来的，所以又特别清凉。

彩霞和彩虹姐妹俩为了使乡亲们过上幸福的日子，变成两颗美丽的星星，这就是天河南端的踏车星。她们总是兢兢业业地踏着车，从不停息，从远古直到今天。

词语积累

斩钉截铁：形容说话办事坚决果断，毫不犹豫。

兢兢业业：小心谨慎，认真负责。

阅读感悟

不怕牺牲、敢于争取胜利，是一种舍己为人、甘于奉献的高尚品德，是一种知难而上、自强不息的坚强意志，是一种乐观向上、无坚不摧的昂扬斗志。所以，不要计较我们得到了多少，更应该在乎我们给予了多少。

国学点睛

水车又称孔明车，是我国古老的农业灌溉工具，是先人们在征服世界的过程中创造出来的高超劳动技艺，是我国珍贵的历史文化遗产。水车有龙骨、管链、斗式等多种类型。

年的故事

相传很久以前，有一个叫“年”的怪兽。这个怪兽十分可怕，身子有小山那么高，嘴巴有大象那么大，长得有点像龙，又有点像麒麟。天黑以后，如果没有月亮，它就会跑出来吃人。

人们被这个怪兽吓坏了，每天都东躲西藏，没有心思耕种，导致很多田地都荒芜了。玉帝知道了这个情况，心想：百姓不种地，天下不就大乱了吗？于是，他派神农老祖来人间降伏“年”。神农老祖可是“年”的克星，他抓住这个怪兽，一顿鞭打，然后把它关进监牢。这下，它可不能在人间为非作歹了。

可是，玉帝的心肠太软了。过了一段时间，他觉得“年”受的惩罚也不少了，就给“年”一个恩赐，月亮每圆过十二次，就给它一个晚上的时间去人间吃东西，这一晚就是每年阴历的最后一个夜晚，虽然有时在腊月二十九，人们还是习惯性地称之为年三十夜晚。“年”被关了三百六十四天，只有这一晚的自由，于是，它变本加厉地危害人间。有时候，它一次就能吃光整个村子的人和牲畜。因此，每到年三十夜晚，家家户户都彻夜不眠，燃起火把，说一些吉祥话相互安慰。

有一年，一位须发皆白的八十岁老人提议说：“与其每个年三十夜晚都提心吊胆，害怕被‘年’吃掉，还不如我们团结一心，与它斗一斗，也许还有战胜它的机会。”众人一听，都觉得老人说得有理。于是，那一年的年三十夜晚，人们聚集在一起，将收集起来的

青竹点燃。青竹燃烧时，发出巨大的爆裂声。“年”来到人间，看到冲天的火光，听到奇怪的巨响，吓得灰溜溜地逃跑了。那一年，人和牲畜都毫发无损。第二天一早，人们高兴地相互问候，以庆贺没有被“年”吃掉。这就是“年”的来历。

渐渐地，过年成为我国的传统习俗。过了年三十，就是我国另一个隆重的节日——春节，它是由原始社会的“腊祭”演变过来的。

词语积累

荒芜：（田地）因无人管理而长满野草。

为非作歹：做各种坏事。

变本加厉：变得比原来更加严重。

阅读感悟

“年”虽然可怕，但人类的智慧是无穷的。只要大家团结一心，就有克服困难的可能。

知识拓展

过年还有哪些习俗呢？将你想到的写下来。

____

____

北斗七星的由来

传说天地刚分开时，地上到处一片荒凉。这时候，女娲生下了一男一女。女娲整天忙着炼五彩石，顾不上照顾自己的孩子，后来，她的儿子得病死了，只剩下女儿。

女娲也因为补天累病了，她越想越觉得对不住孩子，病得越来越重。偏偏那年大旱，一年没下一滴雨，喝水、吃饭都成了问题。女儿看着虚弱的女娲，心急如焚。为了救母亲，她劈开一个最大的葫芦瓢，拿着去找水。

她走啊走啊，不知道走了多远，来到一棵古树下，她就坐下歇会儿，刚坐下就睡着了，还梦见了一个白胡子老头儿。白胡子老头儿说："你顺着这棵大树往西再走一段就找到水了，这水能治你母亲的病。"

她按老头儿指的方向走，走了半天，看见前面真有一汪清水。她拿起瓢就舀，却怎么也舀不到瓢里。想到母亲的病，她急得哭了。哭着哭着，她觉得手里沉了，睁眼一看，瓢里的水满满的。她赶紧端起来就走，生怕耽搁了母亲的病。

她不太记得路，走了一会儿，就分不出东西南北了。又走了会儿，她碰上了一条狗，只见它躺在地上一动不动。她看狗可怜，端过瓢来叫它喝水。狗喝了两口，立刻蹦了起来，并示意她跟着走。

她就跟在狗的后面走，心里很高兴，可是光白天走，晚上不能走，她一想到母亲的病，就急得直哭。这一哭，惊动了白胡子老头儿。白胡子老头儿拿出七块金刚石扔到瓢里，一眨眼工夫，瓢里就有了把明晃晃的勺子。老头儿对她说："勺子把儿指北，你瞅着勺子把儿走吧！"

可是金刚石太沉，走一会儿得歇大半天，还是慢，她又急得哭起来。白胡子老头儿过来问为什么，她说："勺子在瓢里放着，我端不动。"白胡子老头儿说："来，你看。"说着，瓢里的七块金刚石飞上了天，成了星星。

从此，她白天跟着狗走，晚上沿着勺子星指的方向走，终于回到了家，救了女娲。女娲问女儿是怎么回来的。女儿说："是一个白胡子老头儿做了个指方向的勺子星，我按着勺把儿指的方向往北走，就到了家。"后来，女娲就叫那勺子星为"北走星"。

后来，经过多年的口口相传，人们把"北走星"叫成了"北斗星"。

词语积累

心急如焚：心里急得像火烧一样，形容非常着急。

口口相传：不著文字，口头相传。

阅读感悟

这个故事向我们讲述了北斗星的来历，同时，从这个故事中，我们也看到了女娲女儿的孝心和孝行。父母是这个世界上最爱我们的人，我们也应该用心去爱父母、回报父母。

知识拓展

通过查资料，我发现北斗七星是由__________、__________、__________、__________、__________、__________、__________七星组成的。

燧人氏钻木取火

传说在远古时期，人们不知道有火，更不知道怎么用火。到了黑夜，四处一片漆黑，野兽的吼叫声此起彼伏，人们蜷缩在一起，又怕又冷。由于没有火，人们只能吃生的食物，因此经常生病，寿命也很短。

有一天，山林中降下一场雷雨。随着“咔”的一声，雷电劈在树木上，树木燃烧起来，很快就变成熊熊大火。开始时人们大惊失色，到处奔逃。不久，雷雨停了，夜幕降临，雨后的大地更加湿冷。逃散的人们又聚到了一起，惊恐地看着燃烧的树木。

这时候，燧人氏发现，原来经常在周围出现的嚎叫的野兽没有了。他想：难道野兽怕这个发亮的东西吗？于是，他大胆地走到火边，发现身上暖和了许多。这时候，有人发现不远处烧死的野兽，它们发出了阵阵香味。人们聚到火边，分吃被烧死的野兽的肉，觉得自己从没有吃过这样的美味。

逐渐地，人们认识了火，意识到火的重要性。于是他们捡来树枝，安排人轮流守着火种，不让它熄灭。可是即便人们小心翼翼，还是出了问题。有一天，看守的人睡着了，树枝燃尽了，火熄灭了。人们重新陷入黑暗和寒冷之中，痛苦极了。

燧人氏见族人重新回到黑暗中，不由得着急起来。燧人氏知道，就算是在雷雨天，也很少出现雷火。于是，他踏上了寻找火种的道路。

燧人氏一路翻山越岭，历尽了无数艰辛，但始终一无所获。他非常失望，就坐在一棵叫“燧木”的大树下休息。突然，他看见眼前有亮光一闪一闪的，把周围照得异常明亮。燧人氏立刻站起来，顺着亮光寻过去，他发现在燧木上，有几只大鸟正在用长而硬的嘴巴啄虫子。它们每啄一下，树上就闪出明亮的火花。

燧人氏看到这种情景，灵光一闪，立刻折了一些燧木上的小树枝，用它们去钻大树枝，树枝上果然闪出火光，可是却着不起火来。燧人氏没有灰心，他找来各种树枝，耐心地用不同的树枝去钻燧木。终于，树枝上冒烟了，燃起了火。燧人氏激动不已，他知道应该怎样取火了。

燧人氏回到家乡，将钻木取火的方法告诉大家。从此，人们再也不用生活在寒冷和恐惧中了。

词语积累

此起彼伏：这里起来，那里落下，形容连续不断。

小心翼翼：原形容严肃虔敬的样子，现用来形容举动十分谨慎，丝毫不敢疏忽。

阅读感悟

燧人氏能够发现钻木取火的方法，在于他观察细致、头脑灵活，并且不怕失败，敢于尝试。在现实生活中，如果我们像燧人氏一样仔细观察身边的一事一物，发挥自己的潜能，就可能会有不少小发明哟！

山鹰遮阴，鹿喂奶

相传，炎帝的母亲女登有一天晚上梦见天上的太阳落到自己跟前，并发出夺目的光焰，热气灼人。女登从梦中惊醒之后，便怀了孕，怀胎一年零八个月才生下一个男孩。在分娩的时刻，在她家附近忽然出现了九口井，并冒出了九股泉水，这九口井里的水清澈见底，甘洌无比，而且，这九口井相互连通，汲一井而其他八井全动。这一奇异的现象，让乡邻们议论纷纷。有的人说："这个孩子是火星投胎，一生下来就带来了水，有火有水，好上加好，这孩子将来长大一定会取得非凡的成就。"也有的人说："这孩子一生下就带来九口井，肯定是个不好的兆头，将来一定会被大水给淹死的！"

女登听了人们的议论之后十分不安。她想：自古以来，水火就是互不相容的。她思来想去，最终决定给这个孩子取名为"炎"——火上加火，就不怕水了。

在那个时候，人们靠食兽肉和野果过日子。女登也每天带着自己的孩子上山去采集野果。她把孩子放在繁花似锦、清香扑鼻的向阳的草地上，让他在那儿酣睡，自己翻山越岭寻找食物去了。孩子一觉醒来，饿得号啕大哭。他的哭声如同幼鹿哀鸣，又好像雏鹰啼叫。母白鹿和山鹰听见了，急忙应声而来。母白鹿躺在地上，给孩子喂奶；山鹰也张开翅膀，为他遮风挡雨。以后，只要女登没有在身边，白鹿和山鹰都前来照顾炎。

炎帝受到如此照顾，十分健康。他聪明伶俐、体格健壮，三天就可以讲话，五天就学会了走路，七天就长齐了牙齿，十分惹人喜爱，不久就长成一个约八尺七寸的魁梧大汉。

后来，人们为了不忘记白鹿和山鹰对炎帝的哺育之恩，在炎帝去世之后，就把他安葬在常有白鹿出没的白鹿原，并在炎帝陵殿内塑了白鹿和山鹰的石雕，以作纪念。

词语积累

号啕大哭：形容放声大哭的样子。

魁梧：（身体）强壮高大。

阅读感悟

俗话说：“滴水之恩，涌泉相报。”在获得他人的帮助后，要记得感恩，不要忘记他人对自己的帮助。你会发现，生活中因有了感恩的心而多了欢笑、真诚，少了欺骗、伤害。

知识拓展

还有很多关于报恩的成语，你能想到几个呢？试着写下来。

____

____

黄　帝

相传，黄帝的母亲名叫附宝，经常求神问卦。有一天在郊外散步，她向苍天祈祷生个儿子。突然雷鸣电闪，她全身都麻木了。不久，她就怀了身孕。当时的巫婆到处奔走相告，扬言：“不久这里必有圣人降生！”

相传附宝怀了二十四个月身孕。阴历三月三日那天，天空出现了五彩祥云，百鸟朝凤，黄帝在轩辕之丘（今河南新郑境内）出生了。据此有了“三月三，生轩辕”之说。另有一种传说认为，黄帝于阴历二月二日出生于沮水河畔的沮源关降龙峡。据此有了“二月二，龙抬头”之说。据史书记载，黄帝几个月就能说话，长到七八岁时，就很有风度，十二三岁就有大智慧。

果然不出所料，黄帝长大成人后，既聪明又有才干。他对人和善，处事公平，能团结百姓。在他二十多岁的时候，部落百姓就推选他当了部落族长。从此，他就带领百姓挖洞穴、筑房屋、打鱼狩猎，过着平静的日子。

谁知好景不长，神农氏子孙榆罔经常前来侵犯黄帝部落。起初，黄帝多次规劝榆罔。然而，榆罔不仅不听劝阻，反而认为黄帝软弱可欺而得寸进尺，迫使黄帝不得不暂时带领他的百姓向北方迁徙，开始了游牧生活。

黄帝每到一个地方，都虚心向那儿的人学习。他发现别的部落百姓发明了舂，可以把谷舂成米。他又教百姓学会用甑子蒸米饭吃、熬粥喝，百姓觉得特别好吃，而且这样吃饭后很少生病。

此外，黄帝还非常重视人才。他在海边打鱼，发现了一个叫风后的渔民，交谈中他发现风后很有治国安邦的才能，还知道很多伏羲氏时期教民、养民的道理，黄帝就把风后留在身边，当他的参谋。不久，在一次狩猎中，他发现一个叫力牧的人，此人箭法很准，百发百中。通过交谈，黄帝发现力牧通晓兵法知识，就留他统率部落的兵马。黄帝有了这一文一武两个人才，统领部落的信心更强了。

虽然过着游牧生活，但部落中愿意跟随黄帝的人越来越多。黄帝部落的人口、兵马一天天壮大，其他部落再也不敢来侵犯了。

相传，黄帝本姓公孙，后改姓姬，号轩辕氏。他也是传说中的中原各族的共同祖先。

词语积累

不出所料：事情变化在预料之中。形容原先预料得准确。

得寸进尺：得了一寸，还想再进一尺。比喻贪心不足，有了小的，又要大的。

阅读感悟

这个故事讲述了黄帝降生的传奇，以及他治理国家的才能，充分表现了他的传奇经历及大智慧。这个故事告诉我们，想成为一个成功之人，必须具备一定的才能与品质，良好德行的培养是第一步。

知识拓展

古代将煮饭的器具叫作“甑”，你知道筷子在古代叫什么吗？

轩辕帝名字的由来

相传远古时期，在长年累月的迁徙游牧生活中，各种笨重的东西都要人用肩挑，每一次迁徙都给民众带来了极大的不便。黄帝为此也经常唉声叹气。

有一次，黄帝带领部族迁徙到北方黄土高原。他们刚刚安顿下来，突然狂风大作，黄帝立即命所有人抱着树，以防被狂风卷走。黄帝只顾他人的安危，不料，自己头上戴的遮阳的大圆帽被狂风吹掉了。他连忙抓住一棵树并蹲下。黄帝发现大圆帽被狂风吹得满地乱滚，却没有倒地。这是什么原因呢？风停后，黄帝砍了一截树枝，扎成圆圈，放在地上用力往前一推，发现它滚了没多远就倒了。黄帝沉思了很久。然后，他又扎了一个圆圈，还在两个圆圈中间扎了十字架，又砍了一截长树枝，把两个圆圈扎在那截树枝的两

头儿，放在地上用力往前推。这次做的东西虽然没有倒，但滚不了多远就停了下来。这时，常先、风后、仓颉一起走来，问黄帝在干什么。黄帝就把刚才发生的事说了一遍。足智多谋的风后忙找了一根粗树藤，系在两个圆圈中间的横杆上，拉着往前走，两个圆圈一直滚动着，并未倒地。

黄帝一看，猛然醒悟过来。他叫常先再扎两个同样的圆圈，四

个圆圈连在一起，好比四个车轮，稳稳当当地向前滚动着，再也没有倒地。风后看后，一下也明白过来，他让常先去采石场弄来两个圆形石盘，然后在石盘中间凿个洞。不到半天工夫，两个圆形石盘中间的洞就凿好了。风后通过这两个洞安放一根木棍，木棍中间绑了一条草绳，然后叫常先拉着草绳使劲往前跑。仓颉连忙向黄帝说："我给这个东西起了个名字，叫作'车'。"黄帝深思了一会儿，表示同意。

没过几天，人们找到了越来越多的圆形石盘。常先命民众将四个圆石盘安装成一辆车，全部安成后，黄帝召集民众前来观看表演。中华民族第一个地上运载工具——车，就这样诞生了。

为了让人们记住轩辕帝这个功劳，仓颉提议将车命名为"轩辕"。因为黄帝当时还没有一个正式的名字，所以就以"轩辕"命名，作为黄帝正式的名字。这就是"轩辕"的由来。

词语积累

足智多谋：智谋很多，形容人善于料事和用计。

阅读感悟

人类的智慧，往往是从生活中得来的。所谓"世事洞明皆学问"，生活中点点滴滴的小事，经常会点亮人类的智慧火把。我们要学会运用自己的聪明才智，去解决生活中的难题。

知识拓展

传说黄帝发明了车。传说中其他神话人物发明了什么？你能举个例子吗？

黄帝与蚩尤大战

相传蚩尤生性残暴好战，常常带领他的部落，侵扰别的部落。有一次，蚩尤侵占了炎帝的地方，炎帝起兵抵抗，但他不是蚩尤的对手，被蚩尤打得一败涂地。炎帝没办法，逃到涿鹿请求黄帝帮助。

黄帝生性爱民，不想打仗，一直劝蚩尤休战。可是蚩尤不听劝告，屡犯边界。黄帝不得已，就亲自带兵出征，与蚩尤对阵。

黄帝先派应龙出战。应龙不仅能飞，还能从口中喷水，他一上阵，就飞上天空，向蚩尤阵中喷水。蚩尤忙命风伯、雨师上阵。风伯和雨师一个刮起漫天狂风，一个把应龙喷的水收集起来，反过来两人又使出神威，刮风下雨，把狂风暴雨向黄帝阵中刮去。应龙只会喷水，不会收水，结果，黄帝大败而归。

不久，黄帝重整旗鼓，再次与蚩尤对阵。黄帝一马当先，领兵冲入蚩尤阵中。蚩尤施展法术，喷烟吐雾，把黄帝和他的军队团团罩住。

据说，黄帝和蚩尤打了九仗，结果是黄帝九战九败，他非常焦虑。这一天，黄帝苦苦思索打败蚩尤的办法，不知不觉昏然睡去，梦见九天玄女交给他一部兵书。黄帝醒后，发现手中果真有一本兵书。黄帝于是按照九天玄女给的兵书中的阵法布下奇门遁甲，重新率兵与蚩尤决战。

黄帝布好阵容，再次跟蚩尤决战。两军对阵，黄帝下令擂起战鼓，夔牛皮鼓和八十面牛皮鼓一响，声音震天动地。黄帝的兵听到鼓声后士气大增，蚩尤的兵听见鼓声后失魂落魄。蚩尤见自己要败，便和他的七十二个兄弟施起神威，凶悍勇猛地杀上前来。两军直打得地动山摇，日抖星坠，蚩尤大败而逃。

蚩尤的头跟铜铸的一样硬，他把铁石当饭吃，还能在空中飞行，在悬崖峭壁上如履平地，黄帝怎么也捉不住他。追到冀州中部时，黄帝灵感突现，命人把夔牛皮鼓使劲连敲九下，这一下，蚩尤被黄帝捉住了。黄帝命人给蚩尤戴上桎梏，把他杀了。担心蚩尤死后还作怪，黄帝便让人把他的身体和头颅埋在两个地方。蚩尤死后，他身上的桎梏才被取下来抛掷在荒山上，变成一片枫树林。

词语积累

一败涂地：形容败得不可收拾。

失魂落魄：形容心神不定，非常惊慌的样子。

阅读感悟

“得道多助，失道寡助。”暴力与强权永远不是解决问题的关键，拥有一颗仁爱之心才能最终战胜对手，无敌于天下。

知识拓展

黄帝陵位于____________________________，号称“天下第一陵”，每年清明节这里都会举行盛大的祭祀活动。1961 年，国务院公布它为第一批全国重点文物保护单位。

刑天舞干戚

传说中，当炎帝还是统治全宇宙的天帝时，刑天是炎帝手下的一名大臣。后来炎帝被黄帝推翻，屈尊于南方，做了一名小小的天帝。虽然炎帝忍气吞声，不和黄帝抗争，但他的子孙和手下不服气。当蚩尤举兵反抗黄帝的时候，刑天曾想参加战争，但被炎帝阻止。蚩尤和黄帝对战失败，蚩尤被杀后，刑天再也按捺不住内心的愤怒，于是偷偷地离开天庭，要和黄帝争个高低。

刑天左手握着长方形的盾牌，右手拿着一柄大斧，直杀到黄帝的宫前。黄帝见刑天挥舞着盾斧冲过来，顿时大怒，拿起宝剑就和刑天搏斗起来。两人剑刺斧劈，直杀到常羊山旁。

相传常羊山是炎帝出生的地方，往北不远，便是黄帝的诞生地轩辕。两个人战斗得格外激烈。刑天想：世界本是炎帝的，现在被你窃取了，我一定要帮他夺回来。黄帝想：现在普天下邦安民乐，我轩辕子孙昌盛，岂容他人染指！于是两人都使出浑身力气战斗。

两人势均力敌，但黄帝久经沙场，他看出了一个破绽，一剑向刑天的脖颈砍去，刑天的头颅便滚落到常羊山脚下。

刑天顿时惊慌起来，忙把斧头移到握盾的左手，伸出右手在地上乱摸。他摸呀摸呀，还是没有找到那颗头颅。

黄帝怕刑天真的摸到头颅，恢复原身又来和他作对，连忙举起手中的宝剑向常羊山用力一劈，常羊山被劈为两半，刑天的巨大头颅骨碌碌地落入山中，两山又合二为一，把刑天的头颅深深地埋葬了。

听到异样的响声，刑天停止摸索头颅。他知道黄帝已经把他的头颅埋葬了，不甘心就这样败在黄帝手下。突然，他一手拿着盾牌，一手举起大斧，向着天空乱劈乱砍。

失去头颅的刑天，赤裸着上身，似是把他的两乳当作眼，把他的肚脐当作口，他的身躯就是他的头颅。那两乳的“眼”似乎喷射出愤怒的火焰，那圆圆的肚脐似乎发出仇恨的咒骂，那身躯如山一样坚实稳固，那两手拿着的斧和盾，挥舞得那样有力。

见无头刑天还在愤怒地挥舞盾牌、大斧，黄帝不由得害怕起来。他不敢再对刑天下手，悄悄地回天庭去了。

词语积累

染指：借指分取非分的利益，也指插手或参与分外的某种事情。

势均力敌：双方势力相等，不分高低。

阅读感悟

面对强大的对手，即使战败，也依然战斗不止，这是何等的气魄！刑天舞干戚，挥舞的不只是兵器，还有他百折不挠的坚定信念。

仓颉造字

相传，仓颉在黄帝手下当差，黄帝分派他专门管理圈里牲口的数目和部落里食物的多少。仓颉十分聪明，做事又认真负责，很快熟悉了所管的牲口和食物。可是，慢慢地，牲口、食物的数量在增加、变化，光靠记忆比较困难。然而，当时没有文字，更没有纸和笔。怎么办呢？仓颉犯难了。

仓颉日日夜夜冥思苦想，他想了很多方法，先是在绳子上打结，用各种不同颜色的绳子表示各种不同的牲口、食物，用绳子打的结数代表每种的数目。可是，时间一长，这个方法就不奏效了。数目增加时在绳子上打个结很方便；而数目减少的时候，把绳结解开就麻烦了。仓颉又想到了在绳子上打圈圈，在圈里挂上各式各样的贝壳的方法，来代替他所管的东西。这个方法一连用了好几年。

黄帝看到仓颉这么能干，叫他管的事情便越来越多。仓颉这下又犯难了，打绳结、挂贝壳等方法已经不太管用了，怎么才能不出差错呢？

这一天，他参加集体狩猎活动，走到一个三岔路口的时候，发现几个老人在为往哪条路走争得面红耳赤。一个老人坚持要往东走，说东边有羚羊；一个老人要往北走，说前面不远的地方可以追到鹿群；一个老人偏要往西走，说西边有两只老虎，如果不及时打死它们，就会错过狩猎的好机会。

这三个老人怎么会知道哪个方向有什么动物呢？仓颉感到十分好奇。他上前一问，原来他们都是看着地下野兽的脚印才知道的。仓颉一下子受到了启发：既然一种脚印代表一种野兽，那么，我为什么不能用一种符号来表示我所管的东西呢？于是，他高兴地立刻奔回家，开始创造各种符号来表示不同的事物。果然，从此以后，他管理事务更井井有条。

黄帝知道后，对仓颉的这一举动大加赞赏，还命令仓颉到各个部落去传授这种方法。渐渐地，这些符号的用法就推广开了。就这样，文字形成了。

词语积累

面红耳赤：形容因急躁、害羞等脸上发红的样子。

井井有条：形容条理分明，整齐有序。

阅读感悟

中国文化源远流长，流传了几千年的方块字是中华民族的智慧结晶。这个故事向我们讲述了仓颉造字的缘由；也告诉我们，在生活中有好奇心，再加上细致的观察、研究，就容易寻找到答案，可能获得意外的惊喜。

知识拓展

最初人类没有文字，为适应生活的需要，仓颉使用了哪些方法做记录？

____

____

夸父追日

远古时候，在北方荒野中，有座巍峨雄伟、高耸入云的大山。在山林深处，生活着一群力大无穷的巨人。

传说他们的首领是夸父，因此这群人就被称作夸父族。他们身强力壮、心地善良、勤劳勇敢，过着与世无争的日子。

那时大地荒凉，人们生活凄苦。夸父为让本部落的人能够活下去，每天都率领众人跟洪水猛兽搏斗。

有一年天气非常炎热，火辣辣的太阳烤死了庄稼，晒焦了树木，使河流都干枯了。人们热得纷纷死去。

夸父看到这种情景很难过，他告诉族人："太阳实在是太可恶了，我要追上太阳，捉住它，让它听人的指挥。"族人听后纷纷劝阻，可是夸父心意已决。

太阳刚刚从海上升起，夸父就告别族人，从东海边上向着太阳升起的方向大步追去，开始他逐日的征程。

太阳在空中飞快地移动，夸父在地上如疾风似的拼命地追呀追。他穿过一座座大山，跨过一条条河流，大地被他的脚步震得轰轰作响，不断摇晃。

夸父跑累了，就微微打个盹儿，将鞋里的土抖落在地上，于是那些土形成了大土山。饿了，他就摘野果充饥，有时候也煮饭。他用三块石头架锅，这三块石头，就成了三座鼎足而立的高山，有几千米高。

夸父追着太阳跑，眼看离太阳越来越近，他的信心越来越足。

但越接近太阳，他就越渴得厉害。但是，他没有害怕，一直给自己鼓劲儿。经过九天九夜，在太阳落山的地方，夸父终于追上了它。

夸父无比欢欣地张开双臂，想把太阳抱住。可是太阳炽热异常，夸父感到又累又渴。他跑到黄河边，一口气把黄河里的水喝光了；他又跑到渭河边，把渭河里的水也喝光了。但夸父仍没有解渴。夸父又向北跑去，那里有纵横千里的大泽，大泽里的水足够夸父解渴。

然而，夸父还没有跑到大泽，就在半路上渴死了。

夸父临死时，还牵挂着自己的族人，于是将自己的手杖扔出去。手杖落下的地方，顿时长出一大片郁郁葱葱的桃林。

这片桃林为往来的过客遮阳，结出的鲜桃为勤劳的人们解渴，让人们能够消除疲劳，精力充沛地踏上旅程。

词语积累

郁郁葱葱：形容草木苍翠茂盛。

充沛：充足而旺盛。

阅读感悟

夸父直到死亡，都没有放弃心中的信念，始终朝着信念的方向追逐。夸父的故事让人深受启发，它告诉我们要勇于追求，凡事不能轻言放弃，要朝着目标奋进。

国学点睛

《山海经·海外北经》：“夸父与日逐走，入日。渴，欲得饮……未至，道渴而死。弃其杖，化为邓林。”传说夸父死后，他的手杖化为桃林，身躯化为夸父山。

精卫填海

传说炎帝有一个最钟爱的小女儿，名叫女娃。炎帝不仅掌管太阳，还分管五谷和药材。他每天有很多事，一大早就要去东海指挥太阳升起，直到太阳西沉才回家。

女娃十分想让父亲带着自己出去，到东海太阳升起的地方去看一看。可是父亲每天忙于公事，没有时间带她去。这一天，女娃决定自己出去，于是她就驾着一只小船向东海太阳升起的地方划去。

不幸的是，海上起了风暴，像山一样高的海浪把小船打翻了，女娃被无情的大海吞没了。炎帝虽然哀痛自己失去了女儿，却没有办法使她起死回生，只有望洋兴叹。

女娃死后，她的精魂化为一只小鸟，它花脑袋、白嘴巴、红脚爪，发出“精卫、精卫”的悲鸣，因此，人们叫它“精卫”。

精卫一想到自己被无情的海浪吞没了，又想到别人也可能会被海浪夺走生命，就发誓一定要报仇雪恨。因此，它就一刻不停地从它住的发鸠山上衔小石子，或是一小段树枝，展翅高飞，一直飞到东海。它在波涛汹涌的海面上飞翔着，悲鸣着，不断把石子、树枝投下去，想要填平大海。

大海看到它这么做，就奔腾着嘲笑它："算了吧，你这工作就是做一百万年，也休想把我填平。"

精卫回答道："哪怕是过了一千万年、一万万年，直到宇宙的尽头、世界的末日，我也要把你填平！"

"你为何这么恨我呢？"大海问道。

"因为你夺去了我年轻的生命，你将来还会夺去更多年轻的无辜生命。我要不停地做下去，总有一天会把你填成平地。"

精卫离开大海，又飞回发鸠山去衔石子和树枝。它衔呀，扔呀，成年累月，来回往复，从不停歇。后来，精卫和海燕结成夫妻，生出许多小鸟，它们中雌的像精卫、雄的像海燕。小精卫们和妈妈一样，也去衔石填海。直到今天，它们依然做着这种工作。

为此，人们十分同情、钦佩精卫，又把它叫作"冤禽""志鸟""帝女雀"，并在东海边上设了个纪念处，叫作"精卫誓水处"。

词语积累

望洋兴叹：多指要做一件事而力量不够，感到无可奈何。

波涛汹涌：形容波浪又大又急。

阅读感悟

精卫填海，不仅仅是为自己报仇，也是为了尽可能地避免更多的人被大海夺去生命。虽然想要将大海填平是一件几乎无法实现的事，可是精卫坚强不屈的意志、奋斗不息的精神令人肃然起敬。

百鸟之王少昊

相传黄帝主宰宇宙，坐镇中央。东、南、西、北四方，则由伏羲、炎帝、少昊、颛顼掌管。少昊的母亲皇娥原是天上的织女，她在玉砌的宫殿里纺纱织布，往往要忙到深夜。她织出来的锦缎，就是天空中那流光溢彩的云霞。疲倦时，皇娥常常轻摇木筏，在银河里徜徉。一日，皇娥沿着银河溯流而上，来到西海边的穷桑。穷桑树下，银河畔，一位容貌超凡脱俗的少年在徘徊，少年是黄帝的同胞兄弟西方白帝的儿子金星。金星与皇娥一见钟情，订下了终身之约。他们用桂木做木筏的桅杆，用香草做木筏的旌旗，又雕刻了一只玉鸠放在桅杆顶端辨别风向。在随风漂荡的木筏上，金星弹奏起一把银光闪闪的瑟，皇娥和着瑟声唱起了情歌，歌罢，金星又轻轻唱和。两人相依相偎，一唱一和，乐而忘返。一年以后，少昊诞生了，他是皇娥和金星爱的结晶。

少昊又称穷桑氏、金天氏，其真身是一只金雕。他在东海几万里远的海岛上建立了一个鸟的王国，文武百官是各种各样的飞禽：凤凰通晓天时，负责颁布历法；鱼鹰剽悍有序，主管军事；苍鹰威

严公正，主管刑狱；鹁鸪孝敬父母，主管教化；布谷鸟调配合理，主管水利及营建工程；斑鸠热心周到，主管修缮等杂务；五种野鸡分管木工、金工、陶工、皮工、染工；九种当扈鸟分管农业上的耕种、收获等事项。

黄帝封少昊为西方金德之帝，少昊告别他的百鸟，留下人面鸟身的大儿子木神句芒做东方木德之帝伏羲的属神，自己带着人脸虎爪、遍体白毛、手持大斧、身乘双龙的小儿子金神蓐收回归故乡。

少昊住在长留山，蓐收住在泑山。父子俩名义上管理着西方三十六国，实际上只是在每天傍晚观察西落的太阳反射到东边的光辉是否正常。红日西沉，霞光满天，因此少昊又叫员神，蓐收又叫红光。他们的名字，构成了一幅庄严而壮美的落日图景。

词语积累

流光溢彩：光像在流动，色彩像要溢出来。一般用来形容车灯、霓虹灯等，有时也用来形容时装表演和珠宝。

超凡脱俗：指摆脱庸俗低级趣味的高雅境界。

阅读感悟

这个故事告诉我们，在日常生活中，我们应该积极培养自己各方面的能力，这样才有可能得到他人的器重，并有所作为。

知识拓展

读完这篇故事，你知道凤凰、苍鹰和布谷鸟分别有什么才能吗？它们分别主管什么事务？

盘瓠与高辛少女

传说在高辛王（即帝喾高辛氏）当政的上古时候，有一年，皇后娘娘突然得了耳痛病，后来从耳朵里挑出一条金虫，耳痛马上就好了。

皇后觉得很奇怪，便用瓠篱盛着这条虫，哪知瓠里的虫忽然变成一条龙狗，皇后便将其叫作“盘瓠”。高辛王见了这条狗，非常喜欢。

那时房王作乱，高辛王担心国家因此危亡，便向群臣说道：“若有人能斩下房王的头，我不仅赏他千金，还会把公主嫁给他。”但群臣都不敢去冒这个险。

有一天，盘瓠忽然不见了，寻找了好几天，都没人发现它的踪影。原来盘瓠离开宫廷，一直走到房王军中。房王一见这狗，十分高兴，向大臣们说：“高辛氏怕快被灭了吧，连他的狗都离开他来投奔我。”于是房王命人高燃火把，击鼓撞钟，举行宴会。那天晚上，房王喝得烂醉如泥，盘瓠趁机咬下房王的头，跑回高辛王王宫来。

高辛王见它跑回宫来，不禁大喜，便叫人拿些好肉来喂它，哪知它一点也不吃便走开了。高辛王很难过，想了想，便说道：“狗啊，你为什么这样？莫不是想娶公主为妻，恨我不履行诺言？并非我失信，实在是狗和人不可以结婚啊！”

盘瓠顿时口吐人言，说道：“王啊！您只要把我放在金钟里面七日七夜，我就可以变成人。”

高辛王听了这话，觉得很诧异，于是将盘瓠放在金钟里面，看它怎么变化。到了第六天，期待结婚的公主怕它饿死，悄悄打开金钟一看，盘瓠全身都变成了人，只有头还没来得及变。于是盘瓠从金钟里跳出来，披上大衣，公主则戴了狗头帽，他们俩就在王宫里结了婚。

婚后盘瓠带着妻子到南山去，住在深山岩洞中。公主穿上百姓的服装，盘瓠则每天去打猎，他们幸福地过着日子。几年以后，他们生下了二男一女。几个儿女都没有姓氏，就请高辛王赐给他们姓，大儿子生下来是用盘子装的，就赐姓为盘；二儿子生下来是用篮子装的，就赐姓为篮；只有三儿子生下来后，高辛王一时想不出来赐其什么姓好，适逢天上有雷声响，就赐其姓为雷。小女儿长大成人后，和一个勇敢的士兵结了婚，跟着丈夫姓了钟。盘、篮、雷、钟四姓，互相婚配，后来子孙繁衍，成了国族，大家都奉盘瓠为他们共同的老祖宗。

词语积累

烂醉如泥：醉得瘫成一团，扶都扶不住。形容大醉的样子。

阅读感悟

不管有多么大的困难，盘瓠的决心从来没有改变。他全力以赴，坚持不懈，最终梦想成真。这个故事告诉我们，凡事只有自己努力争取，才可能得到自己想要的结果。

知识拓展

查字典，给下列加点的字注音。

帝喾（　　）　盘瓠（　　）　火炬（　　）　繁衍（　　）

帝尧治涝河

传说很久以前，黑水河上有个黑风女妖常常兴风作浪，致使河水暴涨，淹没附近的良田村庄。尧为了解除百姓疾苦，带领人前去治水灭妖。

尧一行来到黑水河附近的郭行，忽然黑风刮起，飞沙走石，天昏地暗，大雨倾盆，河谷口一带山崩，堵住了水路。郭行口往上，洪水汪洋，眼看村子就要被淹。尧立即组织随从、护卫和当地百姓一起，在谷口挖土刨石，扒开一个口子，使蓄积的洪水流走，让郭行一带的百姓免受水灾之苦。洪水泄去以后，河水奔流，两岸往来不便，尧决定在河道上架起一座石桥。大伙奋战三天三夜，第四天凌晨，一座石桥巍然屹立在黑水河上。尧和大伙一起欢呼胜利。突然间，风起云涌，下起瓢泼大雨，顿时洪水奔腾，猛冲新桥，女妖在空中露出狰狞的面孔。尧将金丹灵珠吐出来赶走女妖，并把灵珠安放在桥上，镇住了石桥。从此，不管有多大的洪水，也淹不了、冲不垮那座石桥。尧却由于吐出灵珠，大伤元气，病倒在床。

黑风女妖未除，尧放心不下，派人寻找女妖的下落。最后发现在涝河旁边的山上有一个山洞，一直通到霍山脚下，黑风女妖便住在那个山洞里。尧母见儿子积劳成疾，十分心痛，便自告奋勇，去降妖除害。那天是六月初十，尧母手执桃符，面对太阳注目凝神，深吸三口气，转向洞口，用神咒封住洞口，又在洞口日夜守候了三个月。说也奇怪，黑风女妖再也没敢出来作怪。后来从霍山一带传来消息，说有一股黑风从霍山脚下洞口中冲出去，化为乌有。从此，人们过上了安宁日子。尧的母亲要回平阳时，附近的百姓都来请求老人家留下住些日子，以尽一点报答之意。尧母决定留下暂住，与百姓同享欢乐。

百姓高兴地尊称尧母为尧姑，并在涝河旁的山上修建一座“尧姑庙”。每年六月初十，周边各村百姓都会献牲歌舞，以纪念尧母恩德。尧帝也骑马按期来观看歌舞，离庙五里以外就下马步行，后人便称那个村为下马庄，称尧拴过马的石头为拴马桩。尧还到东山一带巡视，步行到尧姑庙五里以外才上马，后人称那个上马垫脚的石块为上马台，称那个村子为马台村。

词语积累

狰狞：指性情、行为或相貌十分可怕。

自告奋勇：主动要求承担某项艰巨的任务。

阅读感悟

世界上最伟大的爱莫过于母爱。尧母在尧病重时主动站出来与女妖斗争，可见其深切的爱子之心。而尧在尧姑庙五里外上马、下马的行为也体现了其对母亲的尊敬与孝顺。

知识拓展

请你将下面的诗句补充完整。

游　子　吟

慈母手中线，游子身上衣。

临行密密缝，＿＿＿＿＿＿＿＿＿＿。

谁言寸草心，＿＿＿＿＿＿＿＿＿＿。

湘妃竹

相传尧舜时代，湖南九嶷山上有九条恶龙，分住在九个岩洞里，它们经常到湘江玩乐，以致洪水暴涨，冲毁庄稼、房屋，老百姓叫苦不迭。舜帝关心百姓疾苦，得知恶龙祸害百姓，他饭也吃不好、觉也睡不安，一心想到南方去帮助百姓除害。

舜帝有两个妃子娥皇和女英，是尧帝的两个女儿。她们深受尧舜的影响和教诲，关心百姓疾苦，虽然舍不得与舜分离，还是强忍着内心的离愁别绪送舜上路了。

舜帝走了，娥皇和女英就在家等待着他征服恶龙凯旋的喜讯。可是，一年又一年过去了，舜帝依然杳无音信，她们很担心。娥皇说："莫非他为恶龙所伤，或是病倒他乡？"女英说："莫非他途中遇险，或是山路遥远迷失方向？"她们思前想后，决定前去寻找丈夫。

于是，娥皇和女英迎着风霜，跋山涉水，来到了九嶷山。她们沿着大紫荆河到了山顶，又沿着小紫荆河下来，找遍了每个山村。一天，她们来到了三峰石，看到那儿耸立着三块大石头，翠竹环绕，下面有一座由珍珠垒成的高大坟墓。她们十分诧异，便问附近的乡亲："是谁的坟墓如此壮观？"乡亲们含着眼泪告诉她们："这是舜帝的坟墓，他从遥远的北方来到这里，帮助我们斩除了九条恶龙，使我们过上了安乐的生活，可是他却积劳成疾，病死在这里。"

原来，舜帝病逝之后，湘江的父老乡亲们为了感激舜帝的厚恩，特地为他修了这座坟墓。九嶷山上的一群仙鹤也为之感动了，它们不分朝夕地到南海衔来一颗颗灿烂夺目的珍珠，撒在舜帝的坟墓上，便形成了这座珍珠坟墓。三块巨石是由舜帝除掉恶龙用的三齿耙插在地上变成的。娥皇和女英得知实情后，抱头痛哭起来，一直哭了九天九夜，最后把眼睛哭肿了、嗓子哭哑了、眼泪也流干了。后来，她们也死在舜帝的坟墓旁边。娥皇和女英的眼泪，洒在了九嶷山的竹子上，竹子上便呈现出点点泪斑，这便是“湘妃竹”。

词语积累

凯旋：打仗得胜后返回。

杳无音信：形容信息断绝，了解不到对方的情况。

阅读感悟

舜为了黎民百姓，舍小家为大家，牺牲得实在太多太多。他教会了我们舍小爱而成大爱，教会了我们如何去爱、去奉献。

知识拓展

伟大的爱国诗人屈原曾在一篇文章中对湘水女神有过专门的叙述，这篇文章是《________________》。

后稷的传说

相传，姜嫄是高辛王的妻子。一天，姜嫄在郊外发现了一个巨大的脚印。她好奇地在大脚印里踩了踩。这时候，一种奇怪的感觉充满她的全身。没过多久，姜嫄就怀孕了，生下一个肉球。

姜嫄害怕极了，以为自己生下的是什么怪物，连忙让侍从把这个肉球扔掉。侍从把肉球丢弃在一条狭窄的小巷里后，奇怪的是，在那么窄的巷子里，牛马等牲畜路过时，一见到肉球就绕道而行，根本不敢踩，所以肉球一直毫发无损。

侍从只好抱着肉球来到一条河边，把它抛向河里。谁知，天空中忽然乌云密布，鹅毛般的大雪迅速飘了下来。眨眼之间，河面上就结了厚厚的一层冰。肉球完好无损地落在冰面上。这时，一只老鹰从天而降，落在肉球旁边，张开翅膀，覆盖在肉球上。

侍从踏着厚厚的大雪向河面走去。老鹰一见来了生人，尖锐地大叫一声飞走了。这时，肉球发出了婴儿一般的哭泣："哇——哇——哇——"慢慢地，肉球上竟然出现了一道裂缝。这道裂缝越来越大，越来越大，最后整个肉球都崩开了，一个肉嘟嘟的小男孩躺在那里哇哇大哭。侍从赶紧抱起小男孩回到宫里。

姜嫄听侍从说完事情的经过，惊异不已，这才知道这个婴儿不是怪物，而是自己的亲生儿子。因为孩子有一段被遗弃的经历，就被取名为"弃"。

弃在母亲的抚养下，一天天长大。他聪慧善良，对万事万物都充满好奇，尤其是对农作物的种子十分痴迷。他在荒地上精心挑选了一些野生麦子、稻谷、大豆以及各种瓜果的种子，然后按照自己的方式，把这些种子撒在肥沃的土壤里。到了秋天，这些植物结出的果实，比野生的大很多。弃还制造了一些看起来比较奇怪的工具，他把这些工具称为“农具”。使用农具干活儿，又快又省力。当地的许多人慕名来跟他学习种田的经验。在弃的耐心指导下，当地可以耕种的土地越来越多，人们的生活也越来越好。

当地的国君听说弃如此有才能，就封他为掌管农耕的技师。从此，弃向全天下的人传授耕种技术。人们学会了种植农作物，再也不用为打不到猎物而发愁了。弃死后，后人为了纪念他，尊称他为“后稷”，他就是人们所说的“农业之神”。

词语积累

毫发无损：指完全没受损伤。

痴迷：指极度迷恋某人或某种事物而不能自拔。

阅读感悟

在后稷以前，人们没有相对稳定的食物来源，只能靠打猎和采摘野生植物的果实维持生活，是后稷重视农业，做出了开创性的努力，使人们有五谷可食。我们应该学习他常怀一颗好奇心，不断探索和无私奉献的精神。

知识拓展

你种植过什么植物或观察别人种植过吗？简单写写种植过程。

为民舍命的鲧

据传，舜摄政时，洪水越来越大，那是由于共工的后代——继任的水神在推波助澜。

大水漫山遍野，使百姓流离失所，他们既要忍受饥饿、疾病和寒冷的折磨，还要随时随地提防毒蛇猛兽的侵害。

天上绝大多数神对百姓遭受的苦难无动于衷，唯有黄帝的孙子，即骆明的儿子白马神鲧真心可怜难民。他听说天国宝库里藏有一团能无限膨胀、生长不息的名为息壤的泥土，便偷走神土，私下凡间，替人们堵塞洪水。神奇的息壤化作万里长堤，将汹涌澎湃的洪水挡在堤外，而堤内的积水也慢慢干涸，变成一大片起伏的原野。

可是好景不长，息壤遭窃的事让天帝发现了。天帝痛恨鲧藐视他的权威而偷盗宝物，宣判了鲧的死刑。继任的火神祝融驾着烈火战车，擎着火焰枪，在羽山杀害了鲧，收回了息壤。

洪水重新泛滥，百姓在寒风冷雨中哭泣。虽然白马神鲧被杀死在荒凉潮湿的羽山，但他壮志未酬，心不死，魂不散，尸体历经三年的风吹雨打也没有腐烂，而且他的肚子里孕育了一个新的生命，他希望这个新生命能够完成他未竟的事业。

鲧死而不腐的秘密让虎首人身、四蹄长肘的强良知道了，他赶快到天庭向天帝汇报。天帝生怕僵尸作怪，命令祝融携吴刀下凡将鲧分尸。于是，祝融来到羽山举起吴刀剖开了鲧的胸腹，只见伤口的裂处有隐约的光芒，祝融正惊愕不已，这时，裂口爆开，一个男子自鲧的腹中缓缓升起，遍身光芒四射，他就是鲧的儿子——禹。

这时，鲧的尸体也化作一条黄龙，跳入羽山下的羽渊。它只是一条平凡的龙，它全部的精气神都已传给了儿子。黄龙悄悄蛰伏在渊水深处，它存活的唯一意义，就是要亲眼看到儿子继承父业，拯救天下万民。

词语积累

推波助澜：比喻从旁鼓动、助长事物（多指坏的事物）的声势和发展，扩大影响。

流离失所：无处安身，到处流浪。

阅读感悟

“出师未捷身先死，长使英雄泪满襟。”尽管鲧没有完成自己的使命，但他的拳拳爱民之心依然让人感动。鲧的这种大无畏的奉献精神，值得每个人学习。

知识拓展

除了鲧治水，你还知道哪些与治水有关的神话传说？

神女瑶姬

相传，神女瑶姬是王母娘娘的第二十三个女儿，深得王母娘娘的喜爱。瑶姬多思好动，嫌待在屋里闷，常悄悄出门玩耍。

一天，王母娘娘到南天门来散心，恰好碰上瑶姬拨开白云朝下望。王母娘娘怒道："下界苦海无边，你是金枝玉叶，千万下去不得！"不料王母娘娘越说，瑶姬越发坚定了下凡的决心。她来到巫山，遇见很多流离失所的百姓。她正想上前打听，忽然发现空中乌云滚滚，狂风呼啸，有十二条孽龙正在兴风作浪。瑶姬心想：东海龙王的属下怎能这样猖狂！

瑶姬赶紧驾云，靠近那些孽龙，好言好语劝说它们回东海里去，无奈它们不听。瑶姬再也忍不住了，她从头上拔下一支碧玉簪，朝着十二条孽龙一挥，十二条孽龙就全死了。它们的尸体坠落到地上，变成十二座高山，挡住东去的江水，使巫山西边成了一片海洋。百姓还是不能安居乐业。瑶姬看到百姓受苦，不忍离开他们，就留下来了。后来，禹到这里劈山开峡。瑶姬知道了，便交给他一本有关防风治水的天书，教他用锤、钎凿石，造车、船运土。禹在她的帮助下，打通了峡谷，使江水流进大海。

王母娘娘得知瑶姬杀死了十二条孽龙，又气又恨；而听说她留在荒山野谷，又很心疼。于是，她把其他的女儿叫到跟前，说："我想念瑶姬，你们快到人间走一遭，把她找回来！"

二十二个仙女便腾云驾雾来到巫山，找到了瑶姬。姐妹们久别重逢，万分高兴。姐姐们劝瑶姬回到母亲身边，瑶姬却说："我也想回去，但我不能走，我要照顾受苦的百姓。”

见姐姐们都体谅她，瑶姬很高兴。她正要劝姐姐们回去，忽见田里的禾苗一片枯黄。瑶姬难过得哭了，她流下的眼泪顿时变成雨，禾苗得了雨水，田地里又是一片青绿。

姐姐们分成了两派：有的觉得应该帮助百姓，愿意陪着瑶姬留下来；有的不舍得离开天庭，不愿意留下。瑶姬数了数，正好对半。她说：“姐姐们就一半回天上，一半留在人间吧！”

于是，大家高高兴兴地分别了。留下来的十一人是翠屏、朝云、松峦、集仙、聚鹤、净坛、上升、起云、飞凤、圣泉、登龙，加上瑶姬，共十二人。她们死后，便变成巫山十二峰，其中瑶姬所变的那座山峰为巫山十二峰之最，叫神女峰，又名望霞峰。

词语积累

金枝玉叶：原形容花木枝叶美好。后多指皇族子孙。现也比喻出身高贵或娇嫩柔弱的人。

猖狂：狂妄而放肆。

阅读感悟

在瑶姬心中充满沉甸甸的责任，她割舍不下受苦受难的百姓。正是这份责任感让她放弃天宫，甘愿忍受思念亲人之苦。

国学点睛

“巫山神女”这个脍炙人口的神话传说较早见于《山海经》。屈原的《九歌·山鬼》和宋玉的《高唐赋》《神女赋》中都有对神女的精彩描绘。

后羿杀六怪兽

相传，远古时期，人间怪兽横行，在中原地区以窫窳（yǔ）、封豨（xī）为害最严重。窫窳本是黄帝辖下的一国诸侯，不幸被贰负和危暗杀了。黄帝怜悯他无辜丧命，请巫彭、巫抵、巫阳、巫履、巫凡、巫相六大神医上昆仑山会诊，研制出不死神药，使他死而复生。窫窳的命是捡回来了，却完全迷失了本性，一醒来就窜下山去，一头扎进弱水，变成龙首虎爪、嚎叫声如婴儿啼哭的怪兽。后羿深入窫窳巢穴，只一箭，就把它射死了，这一回它是死有余辜。

在中原的桑林还有一头獠牙如戟、力胜百牛、铁骨铜皮的大野猪封豨。封豨横冲直撞，拱毁庄稼，毁坏村落，所经之地顿成废墟。后羿刺瞎了它的双眼，将它生擒活捉。

诛杀窫窳、捕获封豨之后，后羿转战南方，在寿华之野追上了怪兽凿齿。凿齿人身兽脸，它的杀人利器是突出嘴外的两根五六尺长、形似凿子的牙齿。为了对付弓箭，它特地带上一面巨大而坚固的盾牌，可惜，它依然未能躲过后羿的神箭。

还有一头怪兽修蛇盘踞洞庭湖，掀波作浪，覆舟无数。它听闻神射手后羿已经到了南方，便潜伏在湖底。万顷波涛掩盖妖踪，后羿的神奇射技丝毫没有用武之地，于是，他毅然舍弓持剑，跳入深不可测的大湖，历经了千难万险，终于在滔天白浪中杀死长蛇，以至洞庭湖水竟被蛇血染红了一半。

与此同时，在北方，被称作“九头怪”的九婴仍在凶水一带喷火吐水，淹乡焚城；在东方，巨型鸟大风仍在青丘之泽掀起狂风，毁屋拔树。后羿东征青丘泽，用青丝绳系在箭尾，一箭射中闪电般飞掠而过的大风。那大风力大善飞，还想带伤逃走，无奈后羿箭上系的有绳，它只能像一只风筝一样被后羿收回。

九头怪九婴自恃有九条命，丝毫不惧后羿。它九口齐张，喷吐出一道道毒焰、一股股浊流，交织成一张凶险的水火网，企图困住后羿。后羿知道它有九条命，如果只射中九头怪的一颗头，它不会死，而且能很快痊愈，故使出连环箭法，九支箭几乎在同一时刻射中九婴的九颗头，九婴的九条性命一条也没留下。

词语积累

死有余辜：形容罪大恶极，即使处死刑也抵偿不了他的罪恶。

横冲直撞：乱冲乱闯。

阅读感悟

怪兽虽然可怕，但后羿怀着为民除害的信念，勇敢无畏地与它们做斗争，将其一一消灭。在实际生活中，困难就像这些怪兽，只要我们勇敢面对，定能将其一个个地消灭，最终取得成功。

知识拓展

按照要求写句子。（用关联词将两句话合为一句）

后羿为老百姓除了害。　大伙儿都很敬重后羿。

____

嫦娥奔月

相传远古时候，有一年，天上出现了十个太阳，直烤得大地冒烟，海水干枯，很多动植物都死了，眼看着老百姓也难以再生存下去。

这一状况惊动了一位名叫后羿的人，他是一个箭术高明的神箭手。他决心为民除害，于是登上昆仑山顶，运足神力，拉开神弓，一口气射下九个多余的太阳。

后羿立下了大功，因此受到了老百姓的敬仰和爱戴，很多志士都慕名前来向他学习技艺，奸诈刁钻、心术不正的逄（páng）蒙也混了进来。

不久，后羿就娶了个美丽善良的妻子，名叫嫦娥。后羿除了传艺狩猎之外，多数时间都和妻子在一起，两个人十分恩爱，人们都十分羡慕这对恩爱夫妻。

一天，后羿到昆仑山访友求道，刚好遇到由此经过的王母娘娘，便向她求得了一种不死药。据说，服下此药，能即刻升天成仙。

然而，后羿舍不得撇下妻子，只好暂时把不死药交给嫦娥保管。嫦娥便将药藏进百宝匣里，不料这一幕却被心术不正的逄蒙看到了。

几天以后，后羿率众弟子外出狩猎，心怀鬼胎的逄蒙就假装生病，留了下来。

等到后羿率众弟子走后不久，逄蒙便手持利剑闯入内宅后院，威逼嫦娥交出不死药。

嫦娥知道自己不是逢蒙的对手，危急之时她当机立断，转身打开百宝匣，拿出不死药一口吞了下去。嫦娥吞下药之后，身子立刻飘离地面，冲出窗外，飞向天空。由于嫦娥牵挂丈夫，便飞落到离人间较近的月亮上。

傍晚，后羿回到家后，侍女们哭着向他讲述了白天发生的事。后羿既惊又怒，拿着剑要去杀恶徒逢蒙，而逢蒙早就逃走了。悲痛欲绝的后羿仰望着夜空，呼唤嫦娥的名字。这时他突然发现，那晚的月亮格外皎洁，而且里面有个晃动的身影酷似嫦娥。

后羿急忙派人到嫦娥喜爱的后花园里，摆上香案，放上她平时爱吃的食物，遥祭在月宫里的嫦娥。

词语积累

心怀鬼胎：心里隐藏着不可告人的事或坏主意。

悲痛欲绝：悲哀伤心到了极点。

阅读感悟

关于月亮的中国神话传说比比皆是，嫦娥奔月当数其中较广为人知的一则。有的神话传说源于人类对未知事物的向往，嫦娥奔月的故事便源于我国古人对月亮、飞天的追求。

国学点睛

中秋节是中国传统节日之一，在每年阴历八月十五，也是我国人民颇为重视的重大传统节日。中秋节的传统活动之一祭月，传说就与嫦娥有关。

洛水女神宓妃

相传，后羿失去了嫦娥，失去了灵药，十分愤怒，随之而来的则是痛苦、消沉，直到他在洛水之滨邂逅了宓妃。

宓妃是伏羲的女儿，在渡洛河时舟覆而被淹死，成了洛神。她长得很美，三国时曹植所作《洛神赋》，就表达了自己对宓妃的仰慕之情。由于与黄河之神河伯门当户对，河伯与洛神就顺理成章地结为夫妇。

新婚燕尔，河伯陪伴宓妃乘坐龙挽荷盖的水车，乘风破浪，从下游九河直上昆仑，流连于良辰美景，又手挽着手东行，回到他们的新居。

然而，人无千日好，花无百日红。河伯与宓妃爱情的火花很快就熄灭了。河伯吩咐巫婆每年替他挑妙龄少女做新娘，并警告两岸百姓，若不为河伯娶妇，水来淹没，溺其人民。

宓妃也厌倦了狂妄自大的河伯，厌倦了奢靡浮华的生活，她乐得脱身返回洛水。回到洛水后，她时而在水面拾取漂浮的翠羽，时而入潭心采集深藏的明珠，可在夜深人静的时候，她依然会感到孤单、无助和空虚。

或许是天意，某日，后羿追逐一只羚羊来到洛水之滨，与宓妃不期而遇，进而互相吸引。

后羿与宓妃相爱的消息传到了河伯耳中，他恼羞成怒。他惧怕后羿的神箭，不敢当面与其对决，于是化作一条白龙，时不时地浮出水面察看。

白龙出水，龙卷风起，与宓妃并骑驰骋的后羿看到百姓要遭殃，返身一箭，射中由河伯化成的白龙的左眼，那河伯负痛，捂住伤口窜入河底。

河伯上天庭哭诉，请求天帝杀了后羿为他报仇。天帝正为以前待后羿太不公平而内疚，因此不耐烦地打断了河伯的喋喋不休：“你规规矩矩安居水府，谁能射你？你无端化为虫兽，当然会被人捕杀。后羿有什么过错呢？”河伯只好黯然溜回黄河。

词语积累

邂逅：偶然遇见。

不期而遇：事先没有约定而意外地相逢。

喋喋不休：唠唠叨叨，说个没完没了。

阅读感悟

所谓“欲壑难填”“多行不义必自毙”，我们可千万不能学河伯，搬起石头砸自己的脚。

知识拓展

三国时期曹魏文学家曹植十分仰慕洛神，并为此写了一篇文章，这篇文章是《____________》。

吴刚伐桂

关于吴刚伐桂，我国古代传说有多个版本。

流传较广的一则传说，源自唐代段成式的笔记记载：月亮上有棵桂树，生长繁茂，有五百多丈高。汉朝时有个叫吴刚的人，一心想做神仙，就跟随一位仙人学习仙道。可惜吴刚不能耐心学习，没过多久就厌倦了，还总想学到那些既不辛苦又能获得仙术的简单方法。天帝因此非常生气，把吴刚拘留在月宫，命令他在月宫砍伐桂树，并说："如果你砍倒了这棵树，就可以获得仙术。"吴刚便开始伐树。但他每砍下一斧头，树上的创口就马上愈合了。日复一日，年复一年，吴刚始终砍不倒这棵树。直到今天，吴刚的愿望仍没有实现，他仍然在月亮上漫不经心地砍着那棵桂树呢。

而据《山海经·海内经》记载，有个叫吴权的人，其妻子与炎帝的孙子伯陵私下交好，并有了三个孩子。吴权的故事原本与"吴刚伐桂"风马牛不相及，但后世有人附会，非把吴权的故事

和“吴刚伐桂”结合在一起，衍生出一个新的故事：吴刚修仙多年，兴冲冲地返回朝思暮想的家乡，却发现自己的妻子和伯陵住在一起，还有了三个孩子，一家五口其乐融融。盛怒之下，吴刚杀了伯陵。伯陵是炎帝的孙子，吴刚因此得罪了炎帝，为仙界所不容，于是被囚禁在月宫，受砍不死神树的惩罚，至死方休。

因此在皓月当空的夜晚，我们仰望天空，隐约可以看到月亮上有一棵大树的阴影，旁边还好像有个人在挥动斧头。

词语积累

附会：把没有关系的事物说成有关系；把没有某种意义的事物说成有某种意义。

朝思暮想：形容时刻想念。

阅读感悟

吴刚醉心于仙道却不专心学习，因而惹得天帝震怒，把他拘留在月宫，日日做伐桂这种徒劳无功的苦差事，以示惩处。

知识拓展

月亮给了人们无穷的艺术创造力，请你默写两句含“月”的古诗。

____

____

天狗吃月

传说古时候，有一个名叫目连的公子。他生性好佛，为人善良，十分孝顺母亲。但是，目连的母亲生性暴戾，为人不善。

有一次，目连的母亲突然心血来潮，想出了一个坏主意：和尚吃斋念佛，我要捉弄他们一下，让他们开荤——吃狗肉。她吩咐仆人做了三百六十个狗肉馒头，谎称是素馒头，到寺院去施斋。目连知道了这事，劝阻母亲不成后，忙叫人去通知了寺院方丈。方丈就准备了三百六十个素馒头，藏在每个和尚的袈裟袖子里。

目连的母亲来施斋，发给每个和尚一个狗肉馒头。和尚在饭前念佛的时候，用袖子里的素馒头将狗肉馒头调换了一下，然后吃了下去。

目连的母亲见和尚们个个吃了她施的馒头，高兴得拍手大笑说："今日和尚开荤啦！和尚吃狗肉馒头啦！"

方丈双手合十，连声念道："阿弥陀佛，罪过，罪过！"事后，方丈让人将三百六十个狗肉馒头在寺院后面埋了。

天上的玉帝知道后，勃然大怒，将目连的母亲打下十八层地狱，让她变成一只恶狗，且永世不得超生。可是，目连是个孝子，得知母亲被打入地狱后，他日夜修炼，终于成了地藏菩萨。为了救母亲，他用锡杖打开地狱的门。于是，目连的母亲和其他恶鬼都逃出地狱，投生到凡间作乱。玉帝大怒，将目连贬入凡间。

由目连的母亲变成的恶狗逃出地狱后，十分痛恨玉帝，就窜到天庭去找玉帝算账。它在天上找不到玉帝，就去追赶太阳和月亮，想将它们都吞了，让天上人间变成黑暗的世界。这只恶狗没日没夜地追呀追：它追到太阳，就将太阳一口吞下去；追到月亮，就将月亮一口吞下去。不过，这条恶狗最怕敲锣鼓和放

爆竹。锣鼓声和爆竹声吓得它将吞下去的太阳、月亮都吐了出来。

太阳、月亮获救后，又重新运行。恶狗不甘心，又追了上去，这样一次又一次就形成了天上的日食和月食，民间则把这两种现象分别称为“天狗吃太阳”“天狗吃月亮”。直到现在，每逢日食、月食，一些地方还流传着敲锣击鼓、燃放爆竹来赶跑天狗的习俗。

词语积累

心血来潮：指心里突然或偶然起了一个念头。

勃然大怒：突然变脸大发脾气。

阅读感悟

常怀一颗仁爱之心，多做一些对他人有益的事，才能得到大家的尊敬和喜爱。

国学点睛

月食是一种特殊的天文现象，指在月圆时，地球运行到月亮与太阳中间，地影掩蔽月亮的现象。它分全食和偏食两种。

月亮阴晴圆缺的由来

传说很久很久以前，在一片草原上，有一个叫鲁布桑巴图的人，他见蒙古族的同胞们终年经受风沙的吹打、雨雪的袭击以及魔鬼的侵袭，便立志建造一种结实的房屋。

为了实现自己的愿望，他走遍了高山林海，砍伐最好的木材用来建造房屋。有一天，房屋还在建造当中，鲁布桑巴图又去森林里选木材了。这时，魔鬼从这里飞过，它看到这座在建的房屋后十分生气，就把它砸得七零八落。鲁布桑巴图回来后，人们告诉他房屋被魔鬼毁坏了，鲁布桑巴图十分生气，骑上宝马，决心好好教训魔鬼一顿。

鲁布桑巴图找了很久也没找到魔鬼。路上，他遇到风婆婆，便问："风婆婆，你见到魔鬼了吗？"

风婆婆说："我没见到魔鬼，你去问问彩云吧！"

鲁布桑巴图见到了彩云，于是问它："请问你看见魔鬼了吗？"

彩云说："没有见到。你不妨去问问太阳公公吧！"

鲁布桑巴图便去问太阳公公。

太阳公公说："魔鬼刚过去，但我没注意魔鬼跑到哪里去了。你去问问月亮姑娘吧！"

鲁布桑巴图又马不停蹄地去找月亮姑娘。月亮姑娘告诉鲁布桑巴图："我看见了魔鬼，它逃到大山上的石洞里去了。你骑上宝马朝着东边走，就可以找到它了。"

很快，鲁布桑巴图来到一座大山上的石洞门前。他把魔鬼从山洞里逼出，便和魔鬼打斗起来。最后，魔鬼招架不住，只好仓皇逃走了。魔鬼逃到山谷，遇到了风婆婆。它面露凶相，说："风老婆子，你肯定知道是谁把我躲藏的地方告诉鲁布桑巴图的，快点说出来！如果你不说，我就一口吞了你！"

风婆婆很害怕，就把月亮姑娘说出魔鬼躲藏地方的事告诉了它。魔鬼就逼向月亮姑娘。月亮姑娘看见魔鬼气势汹汹的样子，并不畏惧。魔鬼气得嗷嗷直叫，一把抓住月亮姑娘，就要吞下去，却见鲁布桑巴图正从远处赶来。魔鬼十分害怕，就把吞下一大半的月亮姑娘吐了出来，一溜烟地逃跑了。但它没有死心，一遇到月亮姑娘，就会不断地吞食她。

这就是月亮阴晴圆缺的由来。

词语积累

七零八落：形容零散稀疏的样子。特指又多又整齐的东西现在零散了。

仓皇：匆忙而慌张。

阅读感悟

从这个故事中，我们看到了魔鬼的凶残，同时也看到了月亮姑娘的善良。在生活中，我们应该时时保持一颗善良之心，去帮助他人。

知识拓展

宋代文学家苏轼的代表作之一《水调歌头》中，有一句是描写月亮阴晴圆缺的。你能查资料，把它写下来吗？

五神山变三神山

相传，在渤海东边遥远的地方，有一个深不见底的山沟，人们把这个地方叫作“归墟”。归墟里漂浮着五座神山，分别是岱舆、员峤、方壶、瀛洲、蓬莱。

每座神山都非常辽阔险峻，高度和周长大概都是三万里，山和山之间的距离大概都是七万里。神山上有黄金打造的宫殿、白玉做的栏杆；有许多奇异的树，树上长满了珍珠和美玉，还会结长生不老的仙果；还有各种各样的珍禽异兽。

但是，五座神山漂浮在归墟中，常随水波上下漂移，无法稳定下来。对此，神仙们十分苦恼，就向天帝报告。天帝也很忧虑：万一神山漂到很远很远的西方极地，那么神仙们往后就没有可居住的地方了。于是，天帝命令海神禺强调遣十五只巨龟到归墟驮着神山：这些巨龟分成五组，每组三只，负责稳定一座神山；平常由一只负责驮山，另两只在旁守候，每六万年轮换一次。如此，五座神山才稳定下来。

在昆仑山北部遥远的地方有一个龙伯国，那里的百姓身材非常高大，就像一棵棵参天大树一样。有一天，有一个龙伯国的巨人突然跑到归墟来钓鱼。他迈开大脚，没几步就来到了五座神山停留的地方，在神山上游玩了一圈。不一会儿，他发现每座神山下面都有三只巨龟。巨人心想：好大的龟啊！如果能够把它们钓上来带回去，其他人一定会对我佩服得五体投地的。于是，他一口气钓起了

六只巨龟，他把它们背在背上，转身就跑回龙伯国。于是岱舆和员峤这两座神山漂到很远很远的北极，沉没在大海中，数以亿计的神仙只好搬家。

天帝知道这件事后，十分震怒，大幅度缩减龙伯国的土地，还缩小了龙伯国人的身高，不过缩小后他们的身高还是有好几十丈呢！

从此，归墟就只剩下方壶、瀛洲和蓬莱三座神山了。

词语积累

五体投地：两手、两膝和头一起着地，是佛教一种最恭敬的行礼仪式。比喻佩服到了极点。

阅读感悟

龙伯国的一个巨人犯下大错，致使两座神山沉没，并因此连累龙伯国其他人受到惩罚。我们应该明辨是非，明白哪些事是可以做的、哪些事是不可以做的，做个做事有分寸的人。

国学点睛

蓬莱曾是古人望海祈仙的地方，据传，秦始皇于此挥鞭兴叹仙踪难觅，徐福从此登船东渡求仙问药。据说同样渴求长生不老的汉武帝，曾在登州（在今山东烟台境内）遥望海上仙踪茫茫的蓬莱山，呼蓬莱山为“仙岛”，登州也因此被称为“蓬莱”。

春夏秋冬

传说在很久很久以前，人间并没有春夏秋冬的区别，一年之中冷热并没有太大的变化，天地间什么东西也不生长，很多人被活生生地饿死了。

正当人们为此而发愁的时候，一个年纪很大的老头儿说："听说玉帝掌管着人间万物，咱们去求求玉帝，让他给咱们降点吃的吧！"

人们觉得他的话很有道理，就一齐跪到地上祷告起来。这一招还真灵。玉帝听见底下闹哄哄的，就问文武大臣："人间到底发生了什么事儿？为什么这么吵？"

一个大臣向玉帝禀告说："人间不冷不热的，什么东西也不长，人们没有吃的，也没有穿的。他们这是在向您祷告，求求您救救他们。"

玉帝听他这么一说，便起了恻隐之心，他命令冷、热二神一人一天轮流值班，掌管人间冷热。

冷神的脾气很不好，他一发怒，人间就立刻刮大风下大雪，好多人都被冻死了，于是，人们管他叫冬天。而哥哥热神则脾气暴烈，人们管他叫夏天。

好多年以后，有一天玉帝到南天门巡游，忽然看到人间一片混乱，就问身边的大臣："这次人间又出了什么事儿？"一个大臣说："冷、热二神在换班哩。刚才是热神值班，这会儿猛地换成冷神，人们没有防备，都往家里跑，半路上很多人被冻死了。"

听了大臣的话，玉帝觉得让冷、热二神在天上轮流值班不太妥当，经过一番思考，他命令冷、热二神住到人间，三个月换一回班，每次换班中间歇三个月。这样，热神下来而冷神上去的时候就有了春天，冷神下来而热神上去的时候就有了秋天。

从此，人间就有了春夏秋冬四个季节。

词语积累

祷告：向神祈求保佑。

恻隐之心：形容对人给予同情。

阅读感悟

传说中，从最初没有冷热之分，到有夏、冬两季，再到四季循环，我们可以体悟出很多事物的演变需要一个过程的道理。在生活中，成功往往不是一蹴而就的，需要我们不断坚持、努力奋斗。

知识拓展

春夏秋冬四季的风景各不相同，请你分别用一个词语简单描述不同季节的景色。

春天 ____________________

夏天 ____________________

秋天 ____________________

冬天 ____________________

牛郎织女

相传在很早以前，南阳城西牛家庄里有个聪明、忠厚的小伙子，因父母早亡，跟着哥嫂生活。嫂子马氏十分狠毒，经常虐待他，常逼他干很多的活儿。一年秋天，嫂子逼他去放牛，给他九头牛，却让他等有了十头牛才能回家。牛郎无奈只好赶着牛出了村。

牛郎独自一人赶着牛进了山，伤心地坐在树底下。这时，有个须发皆白的老人见了，问他为何伤心。当得知他的遭遇后，老人笑着对他说："别难过，在伏牛山里有一头病倒的老牛，你好好喂养它，等老牛病好以后，你就可以赶着它回家了。"

牛郎翻山越岭，终于找到了那头生病的老牛，他给老牛打来草，一连喂了三天。老牛吃饱了，才抬起头来告诉他：自己本是天上的灰牛大仙，因触犯了天规被贬到凡间来，摔坏了腿，无法动弹，自己的伤需要用百花的露水洗一个月才能好。牛郎不畏辛苦，悉心地照料了老牛一个月。等老牛病好后，牛郎高高兴兴地赶着十头牛回了家。

回家后，嫂子仍旧对他不好，曾几次要害他，都被老牛设法相救。最后嫂子恼羞成怒，把牛郎赶出家门，牛郎只要了那头老牛相随。

一天，天上的织女和其他几个仙女一起下凡游玩，在河里洗澡，牛郎在老牛的帮助下认识了织女，两人互生情意。后来织女便偷偷下凡，来到人间，做了牛郎的妻子。织女还把从天上带来的天蚕分给大家，并教大家养蚕、抽丝，织出又光又亮的绸缎。

婚后，织女生下一男一女两个孩子，一家人生活得很幸福。但是好景不长，这件事很快便让王母娘娘知道了，她亲自下凡，强行把织女带回天上，牛郎织女这对恩爱夫妻被拆散了。

牛郎上天无路，非常着急。最后还是老牛告诉牛郎，在它死后，可以用它的皮做成鞋，穿着那双鞋就可以上天。牛郎按照老牛的话做了，老牛死后，他穿上用老牛的皮做的鞋，挑着自己的儿女，上天去追织女。眼看就要追到了，谁知王母娘娘拔下头上的金簪一挥，一道天河出现了，牛郎和织女被阻隔在天河两岸。他们的忠贞爱情感动了喜鹊，千万只喜鹊飞来，搭成鹊桥，让牛郎织女走上鹊桥相会，王母娘娘无奈，只好允许两人在每年阴历七月七日于鹊桥相会。

词语积累

恼羞成怒：因气恼和羞愧到极点而发怒。

阅读感悟

牛郎与织女的爱情故事流传千古，不知感动了多少人。时光可以阻隔，但情感不能阻隔；身体可以阻隔，但心灵不能阻隔。真挚的情感可以穿越时空，感天动地，亘古流传。

知识拓展

牛郎织女一年才能见上一面，在这短暂的相会时间里，他们会讨论些什么问题呢？发挥想象，写一写吧！

灶王爷的故事

相传很久以前，落荒庄有一对姓张的兄弟，哥哥叫张德，弟弟叫张才。张德垒灶台远近闻名，方圆几百里都尊称他为“张灶王”；张才的画闻名遐迩，人们尊称他为“张画师”。

张灶王爱管闲事。垒灶台时，如果遇上家庭不睦的、有邻里纠纷的，他就会帮忙解决。因此，左邻右舍有了疑难事，都愿意找张灶王商量解决。

张灶王七十岁那年冬天，因为风寒卧床不起，在阴历腊月二十三日深夜寿终正寝。张灶王在世时是一家之主，家里的大事小事都由他管，大人小孩都听他的吩咐。而张才只会绘画写诗，对于管理家务一窍不通。张灶王离开人世后，张才的几个儿媳妇吵吵嚷嚷着要分家，张才对此一筹莫展，整日愁眉苦脸。

一天，张才终于想出了一个好点子。在腊月二十三日，也就是张灶王病故一周年忌日的夜里，张才突然起床，在院子里大声呼叫：“大哥显灵了！”当儿孙们来到院中，他就带着他们到厨房里。只见黑漆漆的灶壁上，在晃动着的烛光中，张灶王的容貌若隐若现。

张才说：“今天晚上，我做了一个梦，梦见大哥成了神仙，被玉帝封为‘九天东厨司命灶王府君’。你们平时好吃懒做，妯娌不和，不敬老爱幼，闹得居家不得安宁。大哥很气恼，准备在玉帝应允下于今年三十晚上惩罚你们。”

儿孙们听了张才这番话，惊恐万状，急忙取来平时张灶王爱吃的甜食供在灶上，烧香磕头，恳求灶王爷不要和他们一般见识。

自从张才家祭灶王后，全家人和睦相处，欢乐度日。这件事很快被街坊邻居得知，一传十，十传百，方圆百里的人都到张才家打探虚实。

其实，腊月二十三日夜晚灶壁上的灶王爷是画师张才预先绘制好的。他假借大哥显灵来吓唬儿孙们，万万没有想到此法如此灵验。所以，当乡邻们前来张才家打探情况时，他只好假戏真做，把事先画好的灶王爷像分送给左邻右舍。这样一来，灶王爷显灵之事很快传开了，家家户户的灶房里都贴上了灶王像。随着岁月流逝，我国民间渐渐形成了腊月二十三给灶王爷上供送其升天、除夕夜迎灶王爷回家以祈求其保护合家平安的习俗，且一直延续至今。

词语积累

一窍不通：没有一窍是贯通的。比喻一点儿也不懂。

一筹莫展：一点计策也施展不出，一点办法也想不出来。

阅读感悟

家庭和睦需要家庭成员真心投入，只要彼此互相鼓励、互相支持、互相关爱、互相体谅，就会创造一个温馨、和睦的家庭氛围。

知识拓展

文中有哪些描写家庭和睦的词？请你写下来。

____

哪吒闹海

传说托塔天王李靖在陈塘关做总兵时，夫人怀孕三年零六个月后，生出一个肉球。李靖认为这个肉球是妖怪，就一剑劈去，里面却蹦出一个孩子。只见这个孩子手套金镯，腰围红绫，在地上蹦蹦跳跳，而且一出生就会说话。在他的左手掌有个“哪”字，右手掌有个“吒”字，所以起名“哪吒”。

原来，哪吒出生前就去师父那里学艺了，他身上的金镯、红绫都是师父送给他的宝贝。金镯名叫“乾坤圈”，红绫名叫“混天绫”。

据说在哪吒七岁那年，一天，他在东海边洗澡，顺便把混天绫拿下来在海里洗了洗，没想到把东海龙王的水晶宫震得东摇西晃。东海龙王连忙让三太子敖丙出去看看是怎么回事。敖丙钻出水面一看，原来是个娃娃在洗澡，就举起手中的枪，用力一挥，海水便卷起了巨浪，向哪吒扑去。哪吒轻轻一跃，跳到了半空。海浪扑上海岸，顿时淹没了海边一个渔村，村里人纷纷四散逃命。

哪吒十分着急，就用混天绫缠住敖丙，

又抛出了乾坤圈，一下子就把敖丙打死了。

东海龙王听说儿子被打死了，又气又急，怒冲冲地赶到将军府，要为儿子报仇，反被哪吒打了一顿。东海龙王逃跑后，请来南海、西海和北海的龙王，兴风作浪，要水淹陈塘关。眼看着陈塘关的百姓都要葬身水中，哪吒挺身而出，当着四海龙王的面坦然自刎而死。四个龙王一见哪吒死了，也就收回大水，退兵了。

师父太乙真人听说哪吒死了，到荷花池里取荷叶梗做他的骨节，莲藕做他的骨骼，荷叶做他的衣服，才使哪吒起死回生。

师父又给了哪吒两件宝贝：一支火尖枪、两只风火轮。哪吒手提火尖枪，脚踏风火轮，走起路来就像飞一样，他的本领更大了。

词语积累

兴风作浪：原指神话小说中妖魔鬼怪施展法术掀起风浪。后多比喻煽动情绪，挑起事端。

阅读感悟

“哪吒闹海”是一个家喻户晓的神话故事，哪吒为民着想、不畏强暴、敢于斗争的形象深入人心，他的这种精神值得人们学习。

知识拓展

请给下面的多音字注音并组词。

哪 { ____（　　）
　 ____（　　）

将 { ____（　　）
　 ____（　　）

兴 { ____（　　）
　 ____（　　）

煮海治龙王

据说不知在哪朝哪代，舟山西南面的一个小岛上遍地埋着黄灿灿的金子，人们称它为“金藏岛”。

后来，这座藏满金子的岛被东海龙王知道了。他为了独吞这块宝地，调遣龙子龙孙、虾兵蟹将，直向金藏岛扑来。眨眼间，恶浪滔天，狂风大作，金藏岛上树倒屋塌，一派凄惨的景象。

金藏岛东面有座纺花山，山上住着一位纺花仙女，她目睹东海龙王残害百姓，心中愤愤不平。于是她手拿神帚，朝海面轻轻一拂，漫上山来的滚滚潮水就退了。金藏岛上幸存的男女老少，纷纷逃往纺花山避难。

纺花仙女对大家说：“龙王水淹金藏，黎民百姓遭殃。若要保住金藏，随我把花来纺。纺花织成渔网，下海斗败龙王！”大家听了她的话，都来纺花织网，最终织出了一个九九八十一斤重的金线渔网。

渔网织成了，派谁下海去跟龙王决斗呢？这时，人群中跳出一个叫海生的，说：“我去！”于是，纺花仙女拿出一套金线衣，给海生穿上，又向海生传授了斗龙的秘诀。海生穿上金线衣，说了声“大”，他一下子就变成一个力大无穷、顶天立地的巨人。他拿起金线渔网，奔下纺花山，跳进汪洋大海。

不一会儿，海生来到海中，取出金线网往下一抛，说声：“大！”第一网收起，就擒住了东海龙王的护宝将军狗鳗精。他命令狗鳗精交出煮海锅来，被罩在网中的狗鳗精为了活命，只得带着海生到东海龙宫的百宝殿中拿到了煮海锅。

海生和大家一道按照纺花仙女的指点，在海边支起煮海锅，舀来一勺东海水，烧旺一堆干柴火，煮了起来。三炷香过后，东海龙王被煮得浮出水面，后面跟着一帮气喘吁吁、直喊饶命的龙子龙孙、虾兵蟹将。东海龙王连连打揖，急忙下令潮退三尺、浪息三丈。

谁知，等海生端开锅、熄了火，东海龙王又突然涨潮鼓浪，一个浪头将煮海锅卷得无影无踪。海生急得直跺脚。这一脚非同小可，跺得地动山摇。所有埋藏在地下的金子，都被海生跺了出来，它们纷纷飞向海岸，落在滩头，眨眼之间，滩头成了金光闪闪的大海塘，任凭潮涌浪翻，金塘都巍然屹立。

自此以后，东海龙王再也不敢来兴风作浪，黎民百姓也可安享太平，而金藏岛也被人们改称为“金塘岛”了。

词语积累

愤愤不平：心中不服，感到气愤。

巍然屹立：比喻像高山一样直立地上，不可动摇。

阅读感悟

这篇文章讲述了海生和东海龙王斗智斗勇的故事，其中海生用煮海锅煮海的情节尤为有趣。我们在面对比我们强大的对手时，一定不能怯懦，要充满勇气，用自己的智慧去战胜对手。

知识拓展

找出下列词语中的错别字，在下面画线，并在括号里改正。

气喘嘘嘘（　　　）　　　　巍然屹立（　　　）

张羽煮海

相传，从前海边有一个勤劳善良的渔夫叫张羽。一天，张羽驾着小船出海打鱼时，看见一条大蛇正在追赶一条五彩的小鱼。张羽立刻打跑了大蛇，救了五彩鱼。

第二天，张羽打鱼回到家时，发现桌子上摆满了美味的饭菜，屋子也收拾得干干净净的。一连三天都是如此。张羽决定弄个水落石出。第四天，张羽像往常一样，一大早就出了门，但他没有出海，而是在外面转了一圈就悄悄地回去了。他走近房子，凑近门缝一看，天哪，屋里有一个年轻美丽的姑娘正在帮他洗衣服呢！张羽推门进去，那个姑娘吓了一跳，想起身逃走，却被张羽堵在门口。姑娘只好告诉张羽，她是东海龙王的三女儿。那天她化成五彩小鱼出宫游玩，被南海龙王的儿子追赶欺负，幸亏张羽出手救了她。为了感谢张羽的救命之恩，她就前来为张羽洗衣、做饭。两个人越说越投缘，于是私下里订了终身。

东海龙王听说女儿要和一个打鱼的穷小子成亲，气得不得了。他对龙女说："除非这大海干了，否则你们别想成亲！"说完就把女儿锁进冷宫。龙女不能出去，只好叫她的丫鬟偷偷地去见张羽，并把东海龙王的话告诉了张羽。张羽听后发誓说："我一定要把大海煮干，救出龙女！"

第二天，张羽就带着斧头、绳子上了山。他砍下枯枝，把它们绑在一起，然后背到海边。到了第四十九天，海边堆起了一座高高的柴山。张羽把干柴点着，然后抛向大海，海里马上燃起了熊熊大火。海里传出东海龙王嘲弄的声音："嘿，这个傻小子！你想把大海煮干，那是白日做梦！"

张羽却不理会，他一连煮了七七四十九天，大海终于被煮干了，海底只剩下白花花的盐地和金灿灿的宫殿。张羽大声喊道："龙王，海水被我煮干了，快还我龙女来！"

东海龙王只好乖乖地放出了龙女，张羽和龙女终于结为夫妻。

词语积累

水落石出：水退下去，石头就显露出来。比喻事情的真相得以完全显露出来。

白日做梦：大白天做梦。比喻幻想根本不可能实现的事。

阅读感悟

张羽不怕千难万险，煮干了大海，最终和龙女团聚。这个神话故事虽然夸张，但也告诉我们一个道理：只要矢志不移，再大的困难也有可能被克服。

国学点睛

张羽这一形象较早见于元人《沙门岛张生煮海》杂剧。后来，张羽煮海的故事被编成多种戏曲，有越剧、湖南花鼓戏、评剧等。

鲤鱼跳龙门

据说，从前有一个地方叫妙峡，那里景色优美，人们过着幸福美满的生活。

有一年，不知从哪儿飞来一条大黄龙，这条龙作恶多端。它对人们说："六月六日是我的生日，你们必须送十头大黄牛、一百头大肥猪给我吃。如果不送来，我就把你们全部淹死！"

村子里有一个聪明美丽的小姑娘叫玉姑。这天，玉姑在河边洗衣服，突然听到一群鱼在说话。

"你们快来，我告诉你们一个好消息。"一条金色的小鲤鱼在河里召唤同伴们，它说，"我听鲤鱼仙子说，谁要是能跳过龙门，谁就能变成一条大龙，可以像云彩一样在天上遨游。"

玉姑想：太好了！要是我变成一条鲤鱼，跳过龙门，不就变成龙了吗？那样我就有机会杀死那条大黄龙了。

于是，玉姑请求鲤鱼仙子把她变成一条鲤鱼。鲤鱼仙子对玉姑说："如果你变成了鱼，就再也不能变回人了，你可要想清楚啊！"

玉姑毫不犹豫地说："只要能除掉大黄龙，为乡亲们除害，我做什么都行！"

鲤鱼仙子见玉姑态度坚决，就朝玉姑喷了三口仙气，把她变成一条美丽的红鲤鱼。红鲤鱼游啊游，很快就来到了龙门。龙门真高啊，它横跨在江海之间，江河的水流汇集到那里，倾泻而下时溅起万丈水花，“轰隆隆”的巨响震耳欲聋，传到很远很远的地方。

那里有许多鲤鱼都在跳龙门，但它们都失败了。红鲤鱼看见一条金色小鲤鱼蹦得好高，可是离龙门还差好远呢。红鲤鱼心想：连它都跳不过，自己肯定不行。它急得哭了起来。那条金色小鲤鱼问它为什么哭，红鲤鱼就把自己的故事告诉了它。金色小鲤鱼听了很感动，就发动其他小鲤鱼帮忙，帮助红鲤鱼跳过了龙门。

红鲤鱼刚跳过龙门，就觉得自己飞了起来。它浑身闪着金光，变成一条大金龙。水中的小鲤鱼们欢呼起来，红鲤鱼朝它们点了点头，飞快地朝家乡飞去。它飞回家乡这天，正是阴历六月六日，乡亲们已经准备了十头大黄牛、一百头大肥猪，那条大黄龙正要张开大口吃呢。大金龙冲大黄龙飞去，张开大口，一下把大黄龙吞进肚子。

从此，妙峡的人们再也不用担心大黄龙发大水了。为了纪念玉姑，人们还建了一座鲤鱼庙呢！

词语积累

作恶多端：坏事做得很多。

震耳欲聋：耳朵都快震聋了，形容声音很大。

阅读感悟

玉姑为了不让家乡人民受大黄龙的欺压，冒着再也变不回人的危险，跳过了龙门，变成大金龙，最终打败了大黄龙。玉姑面对恶势力表现出来的这种大无畏精神，值得我们每个人学习。

龙女拜观音

传说很久以前，龙王的小女儿龙女想去人间看元宵节的灯笼，老龙王很宠爱龙女，就叫鲤鱼精和虾姑娘陪龙女一起去。龙女来到人间的小镇上，东瞧瞧西望望，越看越高兴，不停地往人群里挤，不知不觉间与鲤鱼精和虾姑娘走散了。

突然，“轰隆隆”的雷声响起来了，龙女很害怕下雨，急忙往大海走去。可她找不到鲤鱼精和虾姑娘，也不认得回家的路。正在龙女不知所措的时候，雨“哗啦哗啦”地下了起来，龙女拼命地往人群外跑，跑到一户人家的院子里就跑不动了。她扑倒在一堆草上面，变成一条很大的鱼。屋主人听到奇怪的声音，跑到院子里一看，竟是一条大鱼，高兴地说：“明天把这条大鱼卖了，可以买回很多粮食了。”他开心地把鱼抱回了家。

龙女听到屋主人这样说，很伤心，默默地对着上天祈祷：“各位神仙，快来救救我吧，我以后再也不随意离开大海了。”

那天晚上，观音菩萨正在天上值班，她见龙女那么可怜，就吩

咐善财童子去帮忙。善财童子乘着一朵白云，“呼”的一声，就到了小镇上。那个屋主人已经把大鱼扛到了集市上。人们从来没有见过这么大的鱼，很好

奇地围过来，叽叽喳喳地议论着。善财童子钻进人群，花了五十两银子买下了大鱼。龙女以为自己被卖掉了，吓得哭了起来。善财童子对她说："不要害怕，小龙女，我是观音菩萨身边的善财童子啊，我是来救你的。"

很快，他们就到了海边，善财童子把大鱼放进海里。那鱼游出老远，然后转过身来，向善财童子点了点头，就游走了。

龙女回到龙宫里，发现龙宫闹翻了天。原来龙女不见后，龙王又是生气，又是着急，结果生病了。龙王见到女儿平安回来，病马上就好了一大半，赶快把女儿抱在怀里。龙女把善财童子救自己的事情告诉了龙王，龙王十分感激，就让龙女去观音菩萨那里修行，报答观音菩萨。观音菩萨很喜欢龙女，让龙女和善财童子像兄妹一样住在附近的一个岩洞里。这个岩洞后来被称为"善财龙女洞"。

词语积累

不知所措：不知该怎么办才好。多指对突然发生的情况无法应对。

祈祷：一种宗教仪式，信仰宗教的人向神默告自己的愿望。

阅读感悟

龙女的冒险差点儿惹来杀身之祸，不过幸亏她得到了观音菩萨的帮助。在日常生活中，看到别人需要帮助就伸出你的援助之手吧，或许你看似微不足道的一个举动，就能帮助他人摆脱困境。

知识拓展

解释下列词语。

不知不觉：________________

叽叽喳喳：________________

水火不相容的由来

传说很久以前，水神和火神都喜欢上了美丽的云女。可云女喜欢相貌端庄的水神，看不上长相丑陋的火神。火神气坏了，喷出一口火把云女活活烧死了。

水神听说云女被火神烧死了，如万箭穿心。他想为云女报仇，可是道行不如火神大，于是，他就到人间的兰湖修行。

水神爱吹笛子，到了晚上就坐在湖面上吹一曲。老百姓听到笛声，都到湖边来看，见是一个英俊的少年，后来才知道他是水神。从此人们就给他烧香磕头。水神非常爱护百姓，天旱了，他就给人们降雨，使周围的百姓过上了丰衣足食的生活。

火神的女儿这一天正闷坐在宫中，突然听到从人间飘来一阵好听的笛声。她拨开云层往下一看，见兰湖上有个英俊的少年正在吹笛，她越听越爱听，不由得喜欢上了水神。

后来，她经常来到水神跟前听他吹笛子，但她并没有告诉水神自己是谁。渐渐地，水神也喜欢上了她。这件事最终被火神知道了，他禁止女儿再和水神往来。

这一年王母娘娘举行蟠桃会，应邀参会的火神喝得酩酊大醉。火神的女儿一看父亲醉成这样，就溜到兰湖见水神。他们俩几年不见，都十分想念对方，不久便在人间成了亲。

火神酒醒后，发现女儿和水神成了亲，便不顾一切地来到人间，逼迫女儿和他回去，但女儿坚决不回。于是，火神喷出一口火，把女儿烧成了一块石头，接着大喊一声："水神，水神！你出来！"

水神看见妻子被烧成一块石头，顿时怒发冲冠，两个人就你喷水，我喷火，打在一起。火越烧越旺，水也越来越大。打了半天，火神渐渐招架不住，四面被水包围起来。他觉得自己不行了，拔腿就跑，水神接着就追，追到南天门时，被托塔李天王看见了。托塔李天王看见水神要打死火神，心想：天上不能没有火神。于是，他往下一指，一条火龙冲着水神喷出一团火，把他烧成了一块石头。后来，人们称那块石头为仙石。

从此以后，水和火就不能在一起。一旦它们遇到，火就会败给水。这就是水火不相容的由来。

词语积累

万箭穿心：形容万分伤痛。

怒发冲冠：指愤怒得头发直竖，顶着帽子。形容极端愤怒。

阅读感悟

爱往往能让世界变得更加美好，恨往往会让人丧失理智，变得面目可憎。让我们拥有一颗仁善之心，去爱我们的亲人、朋友乃至大自然吧！

望帝化鹃

据说，从前在蜀地，有一个叫杜宇的男子，他是从天上落到朱提山上的。蜀地有一个叫利的女子，她是杜宇的妻子，是从江源的地井中出来的。杜宇成年后自立为蜀王，潜心治理蜀地，人们称他为望帝。

望帝宅心仁厚，是一位年轻有为的明君。蜀在他的治理下日益强盛，当地的百姓对他十分尊敬。然而，他一直有一件放心不下的事情，那就是蜀地水患严重。多年来，望帝在治水上面花了不少心思，然而收效甚微，他为此特别苦恼。

一天，望帝去江边查看水情。忽然，他和随从发现江中有一具男尸随着水波上下浮动，越漂越远。他赶紧命人把尸体打捞上来，放在岸边的草地上。令人惊奇的是，那具尸体被抬上岸，经过太阳一晒，竟然活了过来。他告诉大家，他叫鳖灵，是楚国人。随从连忙把事情报告给望帝，望帝听后也觉得十分神奇，就过去和他攀谈。望帝发现这个人有思想、善言谈，更让望帝开心的是，这个人竟然是个治水专家。望帝不正为治水发愁吗？这个人的到来好比是雪中送炭。望帝想：这肯定是上天看我蜀国水患连年，可怜我蜀国的百姓，才给我送来这么一个助手。于是，望帝把这个来历不明的人封为宰相。

不久，蜀地又发了水灾，望帝派鳖灵前去治理，鳖灵不负众望，拓宽了巫峡，使长江得以顺流而下，平息了水患，保住了蜀国百姓的生命财产安全，全国百姓因此称他为蜀国的英雄。望帝已经封鳖灵为宰相，无法再给予他更高的赏赐了，就主动退位，把蜀国交给鳖灵掌管。

鳖灵在成为国君之前，一直谨小慎微。可是，他成为国君后，立刻露出了凶狠、残忍的本性，还霸占了望帝的妻子。望帝此时已失去权势，后悔莫及，却没有任何办法。不久，望帝就抑郁而死。死后，他化为一只杜鹃，日夜唱着哀伤的曲子，听到歌声的百姓都日日思念他。

望帝生前爱护百姓，死后虽然化作杜鹃，也没有忘了自己的人民。每到清明和谷雨这样的春耕大忙季节，他总是飞到田间地头，提醒百姓赶快耕种，不要错过农时。百姓为了感激他，根据杜鹃啼叫的声音，给他起了个别名，叫“布谷鸟”。

词语积累

雪中送炭：在下雪天给人送炭取暖。比喻在别人急需时给以物质上或精神上的帮助。

后悔莫及：指事后的懊悔也来不及了。

阅读感悟

鳖灵凶狠、残忍，必将得到应有的惩罚；望帝爱护百姓，即使化身为杜鹃，也永远活在人们心中。同时，这个故事也告诫我们，与人交往，不能只看对方的能力，还要注意观察对方的道德品行。

干将莫邪

古时候，楚国有一位技艺精湛的铁匠干将，奉命为楚王铸一把天下上好的宝剑。干将花了三年时间，铸炼出一对宝剑。

干将知道楚王残忍无比，如果楚王得到了这对宝剑，一定会杀掉自己，以免自己日后打造出更锋利的宝剑。干将将其中一把宝剑埋在南山上的松树下，对怀孕的妻子莫邪说："我这一去肯定回不来了。等孩子长大了，让他取出我留下的那把剑，替我报仇。"干将带着宝剑去见楚王，楚王得到宝剑后，果然杀死了干将。

干将死后不久，莫邪就生了一个男孩，取名赤。莫邪记住干将的话，含辛茹苦地把孩子带大。赤长大后，莫邪把他父亲的事都告诉了他。赤把父亲留下的宝剑挖了出来，开始练剑，决心为父报仇。

就在这时，楚王接连几天做了同一个梦，他梦见有一个愤怒的少年提着宝剑冲向他，说要为父亲干将报仇。楚王吓得急忙派大臣们去打探，果然打探到干将有个儿子。

楚王心惊胆战，急忙派出人马去抓赤。为了安全，他又派重兵把守城门，谨防赤混进城来。看到楚王安排了众多兵马防止自己进城，又派人四下里捉拿自己，赤只好带着宝剑逃进大山。

有一天，赤在山林里遇见一位侠客。侠客听说了赤的遭遇后，非常同情他，决定帮他报仇。侠客说："把你的头和你的宝剑借给我，我带着你的头去请赏，可以趁机杀死楚王。"

赤一听这话，立刻给侠客下拜："只要您能为我父亲报仇，什么都可以给您。"说完，赤就提起宝剑把自己的头割了下来。侠客拾起了赤的头和剑，发誓说："不杀死楚王，我誓不回还！"

侠客来到王宫拜见楚王。楚王见这头和梦中见到的一模一样，非常高兴，决定赏赐侠客。侠客谢过赏赐，说："大王，要想办法将赤的头颅煮烂，防止他的灵魂来向你报仇。"楚王觉得有理，赶紧叫人架起大锅，用大火煮赤的头。谁知煮了三天三夜，赤的头还是没有烂。于是侠客故作神秘地对楚王说："大王，赤害怕您，要是您亲自去看一看，赤的头一定会煮烂。"

楚王急于把赤的头颅煮烂，于是就亲自来到大锅边，伸长脑袋朝里看。侠客趁机拔出手中那把宝剑，把楚王的头砍落在大锅里。卫兵们大惊，过来抓他。侠客手起剑落，又把自己的头也砍落在锅里。

和这两把剑有关的人都死了，但宝剑依旧在，后人把这两把剑叫作"干将"和"莫邪"。

词语积累

含辛茹苦：形容忍受辛苦或吃尽辛苦。

心惊胆战：形容内心极度惊惧、恐慌。

阅读感悟

赤为报父仇以性命相托，侠客不顾自己的性命帮赤报仇，侠客成全赤的大义的英雄气概和信守诺言的精神令人敬佩。

国学点睛

干将莫邪是古代中国神话传说，也为宝剑名。干将莫邪的故事见《吴越春秋·阖闾内传》《搜神记》和《列异传》等。现如今，最流行的版本为晋干宝志怪小说集《搜神记》中所记干将莫邪的故事。

神童项橐

古时候，有个叫项橐（tuó）的，自幼聪明伶俐，凡事总喜欢刨根问底，弄个明白。七岁的时候，他问妈妈自己是从哪里来的，妈妈说他是父亲从凉汪里打捞上来的。项橐虽然不信，但对凉汪产生了兴趣。

相传，凉汪是一条离项橐家不远的小河，有一天他和几个小伙伴一起到了凉汪，正遇到一个怪物龇牙咧嘴地要吃一个老渔翁。那怪物像水牛那样大，长着独角，两眼发着绿光，还会和人一样说话。几个小伙伴见了都浑身打战，纷纷后退，还有人撒腿往回跑。

项橐心想：这样的怪物要想吃人，谁都逃不掉，再说老渔翁还很危险呢。于是他迎着正在争吵的怪物和老渔翁走了过去，对怪物说："我想先弄明白是怎么回事，然后你再吃老爷爷，可以吗？"老渔翁说："刚才我在河里捞鱼，不想捞出一个小坛子，坛子上系着黄绫符子。我有些好奇，便解开黄绫符子，打开坛子盖儿，看看里面装了什么东西，不料想从里面钻出一个小东西，一打滚儿便长成这个模样，什么话也不说，就要吃我。”那怪物却阴阳怪气地对老渔翁说：“哼，我本来就是个吃人的妖怪，被玉皇大帝关在这里几千年了，现在又渴又饿，就得吃你这个老头儿！”

项橐眉头一皱，计上心来，他故意大声对老渔翁说：“你这么大年纪了，怎么还骗我们小孩儿！你看，妖怪这么大，怎么能被装进小坛子呢？”老渔翁急了，说：“孩子，是真的，不骗你，不信你问它！”小项橐便对那怪物说：“我不信，你若真能变化，那就再钻进这坛子里让我看看！”

那妖怪听了很高兴，一转身就变成一条小泥鳅钻进坛子，项橐急忙示意老渔翁将盖子盖上，又用黄绫符子扎好，然后和老渔翁把坛子扔进凉汪里。老渔翁这才恍然大悟，非常感激项橐救了他的命。

神童项橐的故事很快就传遍四面八方，也传到正在周游列国的孔子耳朵里。于是孔子也来向他学习。所以，《三字经》中有“昔仲尼，师项橐。古圣贤，尚勤学”的话。

词语积累

刨根问底：比喻追究底细。

阴阳怪气：形容态度怪僻，冷言冷语，不可捉摸。

阅读感悟

世间自有公平和正义，所以，不要被邪恶势力吓倒，在恶势力面前要勇敢地站出来。当然，对于成长中的青少年来说，与邪恶斗争要学会运用智慧，不能蛮干，保护好自己更重要。

孟姜女哭长城

相传，秦朝时在松江府有个孟家庄，其中一户孟姓人家有个女儿叫孟姜女。

有一天，孟姜女在后花园散心，忽然看见一个陌生的年轻公子正站在花园墙边的大树下。孟老汉听说有人闯进自家的花园，非常生气。年轻人小心翼翼地和孟老汉解释，他叫范喜良，是姑苏人。因为秦始皇修筑长城，到处抓壮丁，于是他乔装改扮逃了出来。途中饥渴难忍，便来园中休息，不想惊动了他家的女儿。听范喜良诉说原委后，孟老汉消了气，他见范喜良口齿伶俐、知书达理，就把他留在家中，后来又将孟姜女嫁给了他。

孟家庄有个无赖曾想迎娶孟姜女，被孟老汉拒绝了，于是那个无赖便怀恨在心。他听说孟姜女嫁给了一个外地逃来的壮丁，于是偷偷向官府告密，带着官兵将范喜良抓走了。

丈夫走后，孟姜女日夜思念丈夫，忧伤不已。转眼冬天来了，天寒地冻，孟姜女担心丈夫无衣御寒，便日夜缝制棉衣。棉衣缝好了，她决定给丈夫送去。哪知，当她一路上跋山涉水、风餐露宿，来到长城脚下时，却得知丈夫早就因劳累而死，被埋在长城里了。

她一路打听，找到埋葬丈夫尸骨的城墙，面对着长城昼夜痛哭，不饮不食。她这一哭，感天动地，白云为之停步，百鸟为之噤声。她一直哭了三天三夜，忽听“轰隆隆”一阵震天动地的响声，一时间地动山摇、飞沙走石，长城崩倒了约八百里，一下子露出了范喜良的尸骨。

长城倾倒约八百里，惊动了秦始皇。秦始皇大怒，下令把孟姜女抓来。孟姜女被抓到皇宫后，秦始皇见她生得貌美，便欲纳她为妃子。

孟姜女说："你依我三件事，我就答应你。"秦始皇问是哪三件事。孟姜女说："一要造长桥一座，十里长，十里阔；二要十里方山造坟墩；三要皇上披麻戴孝到我丈夫坟前亲自祭奠。"为了得到美貌的孟姜女，秦始皇只好答应依她。

不久，长桥、坟墩造好了，秦始皇身穿麻衣来到范喜良的坟前祭奠。祭毕，秦始皇便要孟姜女随他回宫。

这时，孟姜女却开口骂道："你昏庸残暴，害尽天下黎民，如今又害死我丈夫，我岂能做你的妃子？"说完便怀抱丈夫遗骨，跳入波涛汹涌的大海。

词语积累

知书达理：有知识，通事理。指人有文化教养。

风餐露宿：在风雨中吃饭，在露天的环境中睡觉。形容旅途或野外工作的艰苦。

阅读感悟

读完这个故事，我们不禁为孟姜女和范喜良的悲惨遭遇而惋惜，为秦始皇的暴政而愤慨。我们如今生活在和平美好的时代里，应该珍惜身边的亲人、朋友，珍爱拥有的一切。

沉香救母

相传汉代有个书生叫刘向，上京赶考时途经华山。在华山神庙，刘向邂逅仙女华岳三娘，两人日久生情，不久便结为夫妻，恩爱无比。刘向考期在即，三娘已有孕在身，依依惜别之时，刘向赠给三娘一块祖传沉香，说日后生子以“沉香”为名。

刘向在京城一举中榜，被任命为扬州府巡按。然而，华岳三娘却遭难了。原来，这时正值王母娘娘生日，要举办蟠桃会庆祝，三娘也在受邀之列。三娘有孕在身，便推说染病留在华山。谁知，这件事被三娘的哥哥二郎神知道了，便要捉三娘上天受惩罚。三娘毫不畏惧，再加上她还有王母娘娘赐的宝莲灯，是二郎神所不敌的。二郎神令哮天犬趁三娘休息之际，将宝莲灯偷出。就这样，可怜的三娘被二郎神压在华山下的黑云洞中。三娘在此生下了沉香。为防不测，她偷偷恳求夜叉，将儿子送到扬州，留在其父刘向身边。

沉香长大后，就一心想救出母亲三娘。于是他便独自去找母亲。

他来到华山，却找不到母亲，便哭了起来。他的哭喊声惊动了霹雳大仙。大仙将他带回自己的住所，教他各种武艺。后来，沉香便向师父辞行，去华山救母。临行时，大仙赠给他一柄萱花开山神斧。

沉香来到华山黑云洞前，大声呼唤三娘。三娘知儿子已长大成人，就将沉香唤到洞前，让他去向舅舅求情。

沉香飞身来到二郎庙，向二郎神求情。谁知二郎神不但不肯放出三娘，反而要对沉香下手。于是，他们便打了起来。这件事惊动了太白金星，他派了四位大仙去看个究竟。四位大仙都很同情沉香，便在暗中帮助沉香，二郎神只得落荒而逃，宝莲灯也回到了沉香手中。

沉香立即飞回华山，举起萱花开山神斧，奋力猛劈，华山裂开了，沉香终于救出了母亲。

词语积累

落荒而逃：形容战败后狼狈地逃走。也比喻处于尴尬窘迫的境地时狼狈而去。

阅读感悟

沉香为了救母不畏艰辛，勇斗二郎神，其孝心最终感天动地，其母亲也被解救。我们在生活中遭遇困难的时候，不能气馁，应该像沉香一样勇敢地去面对。

知识拓展

查字典，补充表格。

生字	应查的部首	除部首外还有几画
赐		
难		

百花仙子

相传，百花仙子原本是百花园里专为百花浇水施肥的侍女。她勤劳踏实，每天都尽心尽力地照顾着百花园里的花，众花仙都很喜欢她。后来，她因为护花有功被玉帝封为百花仙子。

有一年，王母娘娘过寿，五界的神仙都来朝贺。宴会上，嫦娥向王母娘娘献殷勤道："今日普天同庆，百花仙子该令百花齐放，以祝王母娘娘千秋。"

"百花盛开各有时节，若随意开放不仅有违天道，而且也难免让人以为王母娘娘不以身作则遵守天命。"百花仙子不但没有听从嫦娥的建议，还义正词严地说了自己的想法。这让嫦娥觉得自己在众仙面前失尽了颜面，于是她怀恨在心，一直想报复百花仙子。

此时的人间正值唐初，李世民发动玄武门兵变，杀死了自己的兄弟。这件事让天地五界均甚为震怒。于是玉帝决定派心月狐下凡扰乱李氏江山，并命令所有神仙听命于她，以助其成事。到了凡间的心月狐，转世成为武则天。嫦娥得知这个消息后，托梦给武则天，让她为自己报仇。此时人间正是寒冬腊月，醒来后的武则天记起嫦娥的嘱托，立即下令让百花盛开。

当时，百花仙子正闭关修炼，众花仙一时没了主意，再加上玉帝曾下令众仙必须听命于心月狐，因此只好前往上林苑应旨开放。只有牡丹花知道心月狐是在为嫦娥报仇，故意刁难百花仙子，因此没有奉旨开放。武则天见百花齐放，唯独牡丹拒绝开花，大怒之下命人将长安城所有的牡丹连根铲除，一把火烧掉并永世贬谪洛阳。

百花违时开放的消息很快传遍了天庭，玉帝听说这个消息后极为震惊，下令将海棠、芍药、玉兰、杜鹃等十二位私自开放的花仙打入凡间，并严惩百花仙子。于是，百花仙子和十二位花仙就转世投胎到了人间。

百花仙子下凡后，托生在秀才唐敖家，被取名为唐小山。她在很小的时候就被父亲寄养在亲戚家里，从小就要看人脸色、遭人训斥，受尽了委屈。后来，在跟随舅父林之洋寻父的过程中也吃尽了苦头。百花仙子历经千难万险后，才得以集齐其他姐妹，最终回归仙班。

词语积累

以身作则：以自己的行动做出榜样。

刁难：故意为难他人，使其难堪或办不成事。又指故意给对方难堪。

阅读感悟

百花仙子和牡丹花不畏强权、坚守原则的风骨令人赞叹。《孟子·离娄上》中说："不以规矩，不能成方圆。"我们在面对各种诱惑、困难时，应坚持原则，不做违法乱纪、违背道德的事。

国学点睛

牡丹素有"富贵之花""花中之王"的美称。每年四月是牡丹盛开的时节，各地都会举办牡丹花会，最著名的有：中国洛阳牡丹文化节（前身为"洛阳牡丹花会"）、菏泽国际牡丹花会和彭州牡丹花会。

钟馗捉鬼

传说唐朝时，有一个书生叫钟馗。钟馗从小父母双亡，和妹妹相依为命。虽然家境穷困，但是钟馗志气很高，他刻苦读书，一心想金榜题名，光宗耀祖，干一番大事业。

十年后，钟馗进京参加科举。有一天晚上，他错过了客栈，就在一个破庙里过夜，夜深时被一群野鬼碰上了。野鬼看到他气宇不凡，非常嫉恨，就围着钟馗一顿乱打。钟馗只觉得浑身剧痛，却不知道发生了什么事，硬是撑着到京城参加科举，并中了状元。但等到皇帝召见状元时，看到钟馗面目丑陋，就不肯点他为状元。钟馗向皇帝讲述了途中的奇遇。然而，皇帝金口已开，决不肯更改。钟馗气得连声大叫："屈死我了！屈死我了！"说完就一头往旁边的一口大铜鼎拼命撞去，丢了性命。皇帝后悔莫及，下令把钟馗厚葬了。

钟馗的冤魂带着满腔怨气到了阴曹地府，指责阎王纵容恶鬼毁他容貌，害他丢了功名。说罢，钟馗在森罗殿上随手拿起一根金光闪闪的狼牙棒，在森罗殿上乱舞起来。这可不得了，这狼牙棒可不是一般的木棒，而是森罗殿上镇殿的宝贝，只要把它拿在手中，一切大鬼小鬼包括阎王都不敢近身。

钟馗拿着这根镇殿的神棒，在森罗殿上左挥右舞，到处追打大鬼小鬼；连阎王也被他吓得急急退朝，躲了起来。后来，钟馗看到殿上有一座大钟，冲过去就敲打起来。这一敲不要紧，那钟本是通天钟，一敲就惊动了天上的玉帝。

玉帝忙问身边的太白金星怎么回事。太白金星掐指一算，便把钟馗的遭遇从头到尾说了一遍。玉帝便将阎王召来，吩咐道："这钟馗本是天魁星下凡，因在人间遭受了很多冤屈，才闹到这步田地，是情有可原的。你回去之后，照我的意思，封他为驱鬼将军，专管人间的大小妖魔。这里有一把青锋宝剑，你就代为转交给他吧！"

阎王领了玉帝的旨意，急忙回到地府，把钟馗叫到跟前，传达了玉帝的旨意，并把宝剑交给了他，还送给他一个化鬼的葫芦，作为他的随身法宝。

就这样，钟馗成了人间专管驱鬼和捉鬼的神。

词语积累

相依为命：互相依靠着过日子。泛指互相依靠，谁也离不开谁。

情有可原：按情理，有可原谅的地方。

阅读感悟

美丽的蝴蝶是从丑陋的蛹变来的。我们不能只凭借外表，就去随意评判一个人的好坏，要做到不以貌取人，以平等、公允的态度对待他人。

国学点睛

有关钟馗故事的较早记载出现在北宋沈括的《补笔谈》中，但是当时钟馗形象并没有定型。到了明朝，钟馗这一形象才大致定型。

任项救龙

传说唐朝年间，任项在家中读书时，有一个老人前来拜访他。老人满面愁容，请求任项说："我其实是一条龙变成的，住在西面离这儿一里远的大水池里。如今有人想要害我，除了你，谁也不能帮助我。"

任项说："我不过是一个普通人，怎么才能帮助您呢？"老人说："不用借助什么道术，只是劳驾先生说几十个字罢了，请一定要救我！"任项说："那您就教我说吧！"

老人说："两天之后，请你到大水池去一趟。正午时，会有一个道士自西而来。道士会先把我居住的池中的水弄干，接着就要杀我。等到池水干了，你就喊：'上天有令，杀黄龙者死！'喊完后，水池就会自动变满。道士一定会再施法术，你就再喊。如此喊三次，我就能保全性命了。"任项答应了他。

两天后，任项如约来到大水池边。到了正午，忽然有一片云从西边飘来，缓缓降到水池边，一个道士走了下来。道士从袖子里取出几张黑色的符，把它们都扔到池中。转瞬之间，池水就全部干涸。任项看见一条黄龙在池底的泥沙之中艰难地喘着粗气，立即大喊："上天有令，杀黄龙者死！"喊完，池水马上涨满了。道士又取出几张红色的符投到池中，池水又干了。任项再大喊，池水就又满了。道士气坏了，一下取出十多张红色的符向空中抛去，红符全都化成红云落到池中，池水再次枯竭。任项照样又高喊一次，池水再次溢满。道士看着任项说：“我花费了十年的工夫才弄到这条龙，你一个读书人，为什么要救它这个异类呢？”他斥责了任项几句，便拂袖而去。

这天晚上，任项梦到老人对他说：“全仗您救了我，不然的话，我已经死在道士手上了。我结草衔环也难以报答先生的大恩大德。现在，我献给您一颗珍珠，您可以在池边找到它。”

第二天，任项果然在池边草丛中找到一颗直径约一寸的大珍珠，它光亮耀眼、晶莹润洁。任项把它拿到集市上去卖。有一个走南闯北、见多识广的胡人说：“这是真正的骊龙之宝，世人少有能得到的。”于是那个胡人用数千万的价钱买下那颗珍珠。任项从此过上了幸福的生活。

词语积累

拂袖而去：形容生了气，一甩袖子就走了。

结草衔环：比喻感恩报德，至死不忘。

阅读感悟

任项与老人素不相识，但老人有难，任项还是义不容辞地出手相助。在实际生活中，我们也可以用一点点的爱心去做一些小事，哪怕只是说一句善意的话、给人投以善意的微笑。

知识拓展

如果故事中的黄龙请求你帮助它，你会帮助它吗？为什么？

钱王射潮

相传，唐朝末年，钱王钱镠勇猛无比，他一直为钱塘江江堤屡屡被潮头冲垮而头疼。钱塘江的潮水特别大，潮头既高，潮水冲击的力量又猛，总是这边才修好，那边又被冲塌了。

钱王的手下说：“钱塘江里面有个潮神在跟我们作对，等到我们把江堤修得差不多的时候，他就兴风作浪，鼓起潮头，把我们的江堤给冲垮。如果能抓住潮神，事情就好办多了。只是每次他来的时候，都在潮头的江水里面，我们既看不到，更没办法捉拿他。”

钱王听了，两眼火星直冒，大吼道：“难道就让这个小小的潮神来胡作非为吗？不行！”钱王想了想，又说：“好，让我自己去降伏他。到八月十八日这天，我要聚集一万名弓箭手到江边，我倒要去见见这个潮神！”

八月十八日到了，钱塘江边搭起了一座大王台，钱王一早就到台上观看动静，等待潮神到来。一万名精兵排好阵势，个个雄赳赳、气昂昂地拿着弓箭，望着江水。受尽了潮水灾害的百姓听说钱王要射潮神，都来观战助威。没过多久，远处的江面上出现一条白线，它飞速滚来，越来越快，越来越猛。等

到近时，就像倾覆了的雪堆似的奔腾翻卷，直向大王台冲来。钱王见了，大吼一声，喝令："放箭！"话音一落，他就"嗖"的一箭抢先射了出去。

随后，万名精兵一齐动手，只见万箭齐发，直射潮头。百姓纷纷鼓掌，呐喊助威。一万支箭射了，又是一万支箭，"嗖嗖嗖"，霎时射出了三万支箭，竟逼得那潮头不敢向岸边冲击。钱王又下令："追射！"那潮头只好弯弯曲曲地向西南而去，最后消失得无影无踪。直到今天，潮水一到六和塔边就快没有了；而在六和塔前面，江水弯弯曲曲地向前流去，像个"之"字，因此大家又叫那个地方为"之江"。

百姓为了纪念钱王射潮的功绩，就把江边的堤叫作"钱塘"。

词语积累

胡作非为：不顾法纪或舆论，毫无顾忌地做坏事。

助威：帮助增加声势，提高士气。

阅读感悟

钱塘江的潮水除了给人们带来雄奇壮观的涌潮外，也给人们带来了深重的灾难。古人们畏惧它，也渴望战胜它。钱王射潮的故事就表达了人们渴望战胜大自然、过上平静生活的心愿。

国学点睛

钱塘江古名多为浙江，上游为新安江。《庄子》称其为制河，《山海经》《史记》等称其为浙江，《汉书·地理志上》《水经》称其为浙江水。

八仙斗花龙

传说有一天，八仙要到东海蓬莱岛，可是吕洞宾提出要乘船过海。他拿来铁拐李的拐杖，把它变成一艘大龙船，八仙坐船观景，喝酒斗歌，好不热闹。不料，却惹出一场麻烦来。

原来，龙宫里有条恶龙，是龙王的第七个儿子，人称花龙太子。这天，他在水晶宫外游荡，见一条雕花龙船上有个妙龄女郎，即何仙姑，便迷上了她。

八仙怎会想到花龙太子半路挡道？只见平静的海面突然掀起一个浪头，将龙船打翻了。张果老翻身爬上毛驴背；曹国舅脚踏巧板浪里漂；韩湘子放下仙笛当坐骑；汉钟离打开蒲扇垫脚底；蓝采和攀住了花篮边；铁拐李没了拐杖，赶忙抱着个葫芦；只有吕洞宾，毫无戒备，弄了个浑身湿透。

这时，汉钟离慌忙点人数，只有七位大仙，独缺一个何仙姑。汉钟离掐指一算，原来是花龙太子把何仙姑抢到龙宫里去了。

这一回，大仙们个个咬牙切齿，直奔龙宫。花龙太子见大仙们来势凶猛，慌忙掀起漫海大潮，向七仙淹去。汉钟离轻轻扇动蒲扇，一阵狂风把虾兵蟹将都扇到九霄云外去了。花龙太子见状，忙喝声："变！"海里突然蹿出一条巨鲸，要吞下汉钟离。正在这危急时刻，忽然传来一阵韩湘子的仙笛声，鲸鱼听了，竟朝韩湘子拜了起来。

吕洞宾挥剑斩鲸鱼，谁知一剑劈下去，宝剑斩出了个缺口。

仔细一看，是块大礁石。吕洞宾气得火冒三丈，只见铁拐李拿着它的那根拐杖，一杖打下去，不料打在一堆软肉里。原来，海礁又变成一只大章鱼，拐杖被章鱼的触须缠住了。要不是蓝采和的花篮罩下来，铁拐李早被章鱼吸到肚子里去了。原来这巨鲸和章鱼都是花龙太子变的。这时，他见花篮当头罩来，慌忙化作一条海蛇，向东逃窜。张果老拍手叫来毛驴，骑着追了上去。眼看着就要追上了，不料毛驴被蟹精咬住蹄子，一声狂叫把张果老抛下驴背。幸亏曹国舅眼明手快，救起张果老，打死了蟹精。

花龙太子露出本来面目，向大仙们猛扑过来。七位大仙各显神通，一齐围攻花龙太子。花龙太子斗不过七仙，只得向龙王求救。

龙王听了，把花龙太子痛骂了一顿，连忙将何仙姑送了回去。八仙还是不肯罢休，龙王没办法只好请来南海观音大士讲和，一场风波才算平息。

词语积累

咬牙切齿：形容极端仇视或痛恨，也形容把某种情绪或感觉竭力抑制住。

火冒三丈：形容愤怒到极点。

阅读感悟

团结就是力量，集体的力量和智慧是无穷的。八仙也是如此，一个人时可能会被欺负，只有团结起来，才有可能战胜强大的敌人。

知识拓展

“八仙过海，各显神通。”不过，各有神通的八仙或多或少也有一些缺点，例如，吕洞宾过于____________，汉钟离____________，铁拐李____________等。

铁拐李行医收徒

传说有一天，铁拐李变作一个白发苍苍的老人，到一个镇上行医施药，找他来看病的人络绎不绝。因为他开的药方总能药到病除，人们于是称他为白发神医。

这件事一来二去传到了镇长的耳朵里。他认为这位白发老人肯定不是凡人，于是准备了一些礼物，前去拜见。铁拐李见镇长来了，将他带到后花园里。镇长只见眼前幽廊曲径、亭台楼阁、瑶草琼花，令人目不暇接。铁拐李命人摆上美酒佳肴，与他开怀畅饮。

过了些日子，铁拐李来到镇长家里，对他说：“我本是仙人，以济世救人为己任，我在这儿该做的事情都做完了，现在要回去了。临走之前，想与你再畅饮一番。”席间，铁拐李问镇长：“你愿意跟我走吗？”镇长说：“我很想修道，就是担心家里人离不开我。”铁拐李明白了他的意思，就折了一根竹竿，让他拿回家挂在后院。

第二天清早，家里人发现镇长在后院上吊死了，于是赶紧料理后事，把他埋葬了。其实，镇长就站在那里看家里人忙前忙后，可是谁也看不见他。

随后，镇长跟随铁拐李走进深山密林之中。山中有一群猛虎，铁拐李就命他和那些老虎生活在一起。镇长也不害怕，白天在虎群中出出进进，夜晚就和老虎睡在一起。

后来，铁拐李让镇长住在一间大房子里，上面用朽烂的绳索吊着一块万斤重的大石头。可是，镇长面对危险，若无其事，安然不动。

经过种种考验，铁拐李最后对他说："你是个可教之人。"

从此，镇长跟着铁拐李安心修道。过了些日子，镇长有些想家了。铁拐李知道他的心思后，就交给他一根竹杖，对他说："你骑上它，想到什么地方，就可以到什么地方。到达后要把它投进湖中。"说着又给了他一道符，说："你拿上它，路上就可以驱鬼抑神了。"

于是，镇长骑上竹杖，转眼就到了家。到家后，他把竹杖投入湖中，竹杖入水后立即化作一条蛟龙，向远处游去。

从此以后，镇长就留在家乡，给人们医治百病，消灾解难。无论什么样的疑难杂症，他都能手到病除。家乡的人们都知道他学到了真本领，无论有什么大事小情，都要向他请教。

词语积累

目不暇接：可看的东西太多，眼睛都忙得看不过来了。

若无其事：像没有那回事一样。形容遇事沉着镇定或不把事情放在心上。

阅读感悟

镇长面对铁拐李的种种考验，镇静自若，毫不退缩，终于学到了真本领。我们在生活中，也应具备敢想敢做和不怕吃苦、不怕受累的精神。

金江圣母三姐妹

相传，金沙江龙王的三个女儿到苍山洱海间游玩。她们来到凤仪县莲花山下时，发现那儿正闹旱灾。大女儿叫两个妹妹先回龙宫，自己留下来为百姓解决引水问题。大女儿化作一个老妇人，深入田野、村寨查看旱情，见到处无水栽秧，连人畜饮水都困难，村民们吃的是稗子饭。于是，她在莲花山脚化出一股水桶般粗的清泉，让山下的坝子栽下了秧，且从此不再缺水。为了感激她的恩泽，山下的华营、普和、班庄三个村的百姓盖了本主庙，塑了她的像，尊她为本主，封号为金江圣母。

龙王的二女儿长得貌美如花，在大理赶三月街的时候，遇上了海东的一个公子董家罗龙。这个董公子是个好色之徒，他看到龙王的二女儿长得花容月貌，就上前调戏。二女儿觉得董家罗龙让自己当众出了丑，就和三妹到海东去惩罚董家罗龙。她们来到海东的石子山，发现那儿当时正遇大旱，二女儿不忍心勤劳善良的百姓受难，就下了一场大雨，让山腰涌出清泉，使山下不再干旱。姐妹俩惩罚了董公子之后，就回到了石子山。二女儿看到那里风光秀丽，就在山上的慈云溪住下。山下几个村子的百姓知道之后，就为她盖了本主庙，尊她为本主，封号为慈云普润金鸾圣母。

二女儿被尊为本主后，怕妹妹孤单，就派了身边的五仲爷陪妹妹去青龙山住。妹妹到青龙山之后，为当地的村民引水施雨，也被尊为本主，封号为金灵圣母。后来，金沙江龙王来看望他的三个女儿，看到苍山洱海风光迷人，三个女儿又有点孤单，就决定在青龙山住下。

每年阴历正月初五至二十五日，是金江三姐妹的本主节。她们所在的村子要唱大本曲，耍狮、耍龙。因金江三姐妹喜欢春游，所以在本主节期间，村民们要挨村用轿子轮流接送金江三姐妹的塑像，待游完所有村子，再将其塑像送回各自的本主庙。

词语积累

恩泽：恩惠赏赐。比喻恩德及人，像雨露滋润草木一样。

花容月貌：如花似月的容貌。形容女子美貌。

阅读感悟

金江圣母三姐妹为百姓做了许多好事，因而受到百姓的爱戴。这也告诉我们，拥有一颗善良的心，乐于帮助他人，不仅可以获得内心的满足，也可以赢得他人的尊敬。

知识拓展

解释下列词语。

貌美如花：________________

风光秀丽：________________

廪君与盐水女神

传说在西南方，有座武落钟离山，山上的赤、黑二穴中共住着五个氏族的人。他们推选五族中最优秀的务相作为共同的首领，人们称他为廪君。

五族的力量越来越强大，可时间长了，原来的洞穴住不下了，山上吃的东西也越来越少。廪君就决定带领族人去寻找新的家园。他们来到一个叫盐阳的地方，想在这里休息几日，再继续赶路。

盐阳有条盐水河，河里有个盐水女神。这位女神对廪君一见钟情，愿意和廪君结为夫妻。廪君虽然也被盐水女神吸引了，但他觉得如果自己留下，就对不起部族的父老乡亲，思来想去，廪君婉言谢绝了盐水女神的要求。

痴情的盐水女神并不甘心，便千方百计地阻挠廪君的行程。廪君实在无计可施，只好想出一个不得已的办法。这天，廪君派人送给盐水女神一绺青色发丝，说是两人的定情之物。盐水女神毫不怀疑，以为廪君真的回心转意了，便高兴地把青色发丝系在腰间。

早晨，当盐水女神变成小飞虫，带领其他小

飞虫在天空飞舞时，她腰间那绺青色发丝也随风摇曳。廪君站在阳石上，清楚地看到飘荡的青色发丝，他知道，那就是盐水女神。但为了全部族的生存，他拉弓搭箭，朝着青色发丝的方向射去，盐水女神带着箭伤坠入盐水之中。盐水女神死了，其他小飞虫见它们的首领惨死，便飞散得无影无踪，天空又恢复了往日的明亮。大家尽情欢呼，庆贺廪君的胜利。可廪君心里挺不是滋味，他眼里噙着泪花，怔怔地望着逝去的流水，一句话也没说。

廪君带领部族百姓，又坐上船，从盐水出发，继续寻找新的家园。后来，他们终于找到一块富饶肥沃的土地，经过几代人的努力，建成了一座雄伟美丽的城市，为其取名“夷城”。

词语积累

回心转意：重新考虑，改变原来的想法和态度，多指放弃嫌怨，恢复感情。

无影无踪：没有一点踪影。形容完全消失，不知去向。

阅读感悟

廪君为了整个族人的生存，毅然放弃了自己所爱的盐水女神，他的这种牺牲精神值得我们每一个人学习。

知识拓展

盐是生活中不可缺少的一种调味品，你知道它还有什么其他作用吗？

麻姑献寿

相传，麻姑是一位北方少数民族姑娘，她聪明善良，经常接济当地的穷人。

一天，有人送给麻姑一个桃子，她舍不得自己吃，就把桃子带回家。在路上，她看到一个老婆婆饿得倒在了地上，毫不犹豫地拿出桃子给了老婆婆。老婆婆道了谢，说自己还想喝点粥。于是，麻姑让老婆婆等了一会儿，自己匆匆回家煮粥。麻姑的父亲麻秋听说了这件事，把麻姑训斥了一顿，并把她关进后屋。到了半夜，麻姑等父亲睡熟了，飞快地盛了一碗粥，给老婆婆送去。麻姑来到街上，并没有发现老婆婆的踪影，只在老婆婆白天坐过的地方发现了一颗桃核儿。这时，麻秋醒来发现女儿不见了，气急败坏地追了过来，一把抓过女儿，把她带回家。晚上，麻姑梦到老婆婆来向她道谢，对她说："那桃子真是个好东西，足够我延年益寿的了。"说完，老婆婆就消失了。

第二天，麻姑想起老婆婆说的话，就把那颗桃核儿种了下去。一年后，一棵桃树就长成了，这棵桃树每年正月里开花，三月里就结出又红又大的桃子。麻姑把桃子送给附近贫穷的老人。老人们吃了麻姑送的桃子，几天不吃饭都不觉得饿，而且身体里的一些小毛病也被治好了。人们私下里都称麻姑是"仙姑"，称她送桃子是"麻姑献寿"。

后来，麻秋从军当了征东将军，他残暴成性，抓了很多劳工替他干活儿，稍不如意就会用鞭子抽打劳工。他还让那些劳工每天工作很长时间，直到听到公鸡啼鸣才可以休息。麻姑非常同情他们的遭遇，就去向麻秋求情。可是，麻秋根本就不听。麻姑只好偷偷拿些药来给劳工们医治，又在四更天起来，趴在鸡窝门口学鸡鸣。她这一叫，鸡窝里的鸡都跟着叫了起来，这样一来劳工就可以早早地歇着了。

这样又过了几天，麻秋发现鸡越叫越早了，便怀疑是女儿搞的鬼。他派人一查，果然是麻姑干的。他大怒之下，把女儿关进闺房，派人守在门口，让她永远不要出来。

麻姑在闺房里急得团团转，却一点办法都没有。忽然，窗子开了，上次那个老婆婆出现了。老婆婆说："好姑娘，你别怕。我是骊山老母，我吃了你一个桃，还了你一树仙桃。现在你与你父亲的缘分尽了，你和我一起去修道，将来去拯救更多的人吧！"

后来，麻姑果然在骊山老母的指点下成了神仙。每年三月，她都会把仙桃送给贫穷的老人。听说，好多人都吃到过呢！

词语积累

接济：以财物等资助他人。

气急败坏：上气不接下气，狼狈不堪。形容十分慌张或恼怒。

阅读感悟

麻姑给骊山老母一个普通的桃子，却得到了一树仙桃，还得道成仙了。常言说："好心有好报。"善良的人会给别人带来温暖，也会给自己带来意外收获。

海神妈祖

妈祖是一位航海女神，一直以来都被我国沿海地区的人们尊崇，同时也是世界上著名的海神。

相传，妈祖姓林，住在我国闽南地区，家里四个兄弟，只有她一个女孩。按照当地习俗，只有男子能出海，女子只能待在家里。即使林姑娘水性很好，也只能在家里帮助妈妈干活儿。

一天，林家四兄弟出海捕鱼去了。忽然，海上起了百年不遇的大风暴，风将海浪掀起足有几百尺高。村里的人都急坏了，十分担心海上的亲人，却一点办法都没有。起初，林姑娘和父母一起在家里焦急地等待风暴过去，可是，风暴根本没有停下来的意思。过了一会儿，林姑娘忽然双眼紧闭，脸色苍白，不省人事。这可把林家两个老人吓坏了：儿子们没有消息，女儿又昏迷不醒。他们颤抖着双手，又推又拽，费了好大的劲，终于把女儿弄醒了。两个老人长舒了一口气。林姑娘却满眼含泪，一言不发。过了一会儿，风暴停了。

又过了几天，林家兄弟回来了，却唯独不见老四。三兄弟含泪

向父母叙述了风暴当天的经历：猛烈的海风把他们的船刮到了大海深处，巨大的海浪把他们的船掀翻了，他们都落入水中。正在他们叫天天不应、叫地地不灵的时

候，一个姑娘踏浪而来，如履平地，将三兄弟一个个救了上来，当她还要救老四时，却忽然不见了。于是，老四被海浪吞没了。

林家两个老人这才知道女儿那天为什么会晕倒，原来是去救哥哥们了。如果没有把女儿叫醒，老四就不会死了。两个老人为此自责不已。

自此，林姑娘被允许驾船出海，往返于各个岛屿，帮助那些需要帮助的人。多年来，林姑娘凭借自己的水性和菩萨心肠，搭救了不少渔民和过往商人的性命，当地的人都称她为神女、龙女、妈祖。后来，她升天做了神仙，仍然不忘保护渔船和过往商船的安全。人们为了感谢她，为她修建了妈祖庙。

即使到了现在，妈祖庙的香火还很旺呢！

词语积累

不省人事：指昏迷过去，失去知觉。也指不懂人情世故。

如履平地：像走在平地上一样安稳。形容涉水登山或在难行的道路上行进很顺利。

阅读感悟

妈祖只是一个普通的渔家女子，却有一颗善良的心，保护着所有航海人的安全。这样的人，世人将永远铭记她。

国学点睛

每年阴历三月二十三日妈祖诞辰及九月九谢世日，信徒都要举行隆重的庙会活动，除占卜求福、祭祀外，台湾居民及旅居国外的华侨还趁机送妈祖回娘家——湄洲屿，拜祖庙寻根，并举行各种文艺活动。

摇钱树和聚宝盆

相传很久以前，在东海的一个小岛上，住着三兄弟。

一天，老大一家正在做饭，忽然听到捉来的海螺大喊：“救命！救命！”老大的媳妇觉得这些海螺怪可怜的，就把它们放回海里。其实，这些并不是普通的海螺。他们是犯了错的神仙，被玉帝罚到这里。为了感谢老大夫妻，他们决定送老大一份厚礼。

第二天，老大夫妻起床后，发现院子里多了一棵摇钱树和一个聚宝盆。摇钱树上挂满了金元宝，聚宝盆里装满了银元宝。老二和老三听说了这件事，十分眼红，决定偷走摇钱树和聚宝盆。

当天晚上，老二和老三等到老大一家睡着后，便悄悄溜进院子里。他们先去偷摇钱树，可是摇钱树又高又大，兄弟俩使足吃奶的劲儿，大树仍然纹丝不动。老二、老三只好去搬聚宝盆，但是聚宝盆深深陷在泥土里，兄弟俩憋出了一身的汗，也没有把聚宝盆搬出去。老二、老三累得直喘气，便说：“既然这两个宝贝我们都弄不走，不如我们抬一筐金元宝和银元宝走吧。”于是，他们装了满满一筐金元宝和一筐银元宝，趁着月色来到海边，然后连夜出海向县城划去。

老二和老三上岸后，又累又饿。老二说：“你先看着这些元宝，我去买点东西回来。”说完，他拿出一锭银元宝，向县城走去。

老二先在县城里最大的酒楼点了一桌子美食。吃完后，他打包了一些酒菜，又去买了一服药。然后，老二才满身酒气地回到海边，虚情假意地对老三说："兄弟，你看我给你带了什么好吃的。"等老二走近后，老三忽然举起一块石头，向他头上砸去。老二没有防备，一下就被老三打倒在地，再也没有起来。

老三见老二死了，松了一口气，心想：这下没人和我抢这些财宝了。这时候，他看到老二带回来的酒菜还搁在地上，就大吃起来。突然，老三的肚子疼了起来，他捂着肚子满地打滚儿，没一会儿就没有气息了。原来，老二在酒菜里下了毒。

老大得知两个弟弟的死讯后，伤心极了，说："要这害人的摇钱树和聚宝盆，倒不如给我换个称心的东西，能帮我干点活儿。"第二天，老大起来挑水，忽然发现摇钱树变成结实的渔网，聚宝盆变成崭新的捕鱼船。从此，老大就带着媳妇出海打鱼，过着简简单单的日子。

词语积累

纹丝不动：一点儿也不动。形容没有丝毫改变。

虚情假意：装着对人热情，不是真心实意。

阅读感悟

老二、老三自私、贪婪，妄图不劳而获，最终害人害己。多一点勤快，少一点懒惰，勤俭节约，脚踏实地，我们也会得到自己的"摇钱树"和"聚宝盆"。

知识拓展

你能想到哪些与勤劳有关的成语？试着写几个。

飞来峰的传说

据传很久以前，西湖灵隐寺里有一个疯和尚。疯和尚表面上疯疯癫癫的，其实是寺里最明事理的和尚。

那时峨眉山上有一座会飞的小山峰。它一会儿飞到东，一会儿飞到西。它飞到哪里，就压塌哪里的房子，很多人因此被压死。

有一天，疯和尚得知，这座山峰会在中午飞落到灵隐寺前的一个小村庄里。他担心山落下来会压死很多人，于是跑进村庄，告诉村民们："今天中午有座山要飞到这儿，大家赶快搬出去吧，迟了可能就来不及了！"但是他说破嘴皮，也没有一个人相信他。

太阳越升越高，眼看就要到中午了，疯和尚心急如焚。这时，他忽然听到吹唢呐的声音，原来有一户人家在办婚礼呢。疯和尚计上心来，他推开众人，一把把新娘子往肩上一背，就往村外跑去。

疯和尚抢新娘子，这还得了！村民们拿棍子的拿棍子，抡扁担的抡扁担，挥锄头的挥锄头，没命地追了上来。他们一面追，一面喊："快抓疯和尚！""前面快快拦住他呀，别让他跑了！"

疯和尚背着新娘子，健步如飞，村民们追出十几里路，还是没有追上他。等到太阳当头，疯和尚终于停下来，将新娘子放到地上。等到村民赶到他跟前，正要群起而攻之的时候，忽然天昏地暗，狂风怒号，飞沙走石，只听“轰隆”一声，一座山峰正好落在他们的村庄上。村民这才明白过来，疯和尚抢新娘子，是为了将大家引出村庄。

村民们纷纷感谢疯和尚的救命之恩。疯和尚说：“大家听我说，这座山峰既然能从别处飞来，也会从这儿飞走，飞到别的地方害人。我们如果能在山上凿五百尊石罗汉，就能把它镇住，使它不能再飞到别处害人，你们看好不好？”

村民们一齐说“好”，他们马上行动起来，忙了三天三夜，终于凿出了五百尊石罗汉。但村民只凿了罗汉的身躯，还来不及凿出眉毛及眼睛。疯和尚说：“这事让我来！”他不用任何工具，只用手指甲在石罗汉脸上一刮，不出半天工夫，就全部完工了。

从此，这座山峰再也没有飞到别处去，而是永远留在灵隐寺前。因为它是从空中飞来的，所以被百姓叫作“飞来峰”。

词语积累

心急如焚：心里急得像着了火一样。形容非常着急。

群起而攻之：大家都起来攻击它，反对它。

阅读感悟

疯和尚在劝说村民离开失败后，始终没有放弃，而是运用智慧将村民引出村庄，救了大家的性命。我们也要学习这一点，在失败面前，要不急不躁，善于运用智慧解决问题。

知识拓展

解释下列成语。

焦头烂额：______________________________

恍然大悟：______________________________

日月潭的传说

传说古时候，台湾大清溪边住着一对青年夫妇。男的叫大尖哥，女的叫水社姐。他们俩捕鱼过活，小日子过得甜甜美美。

一天中午，忽然一声巨响，太阳不见了，大清溪也变得浑浊起来。到了晚上，又是一声巨响，月亮也不见了。从此，大清溪边的百姓生活在黑暗之中，禾苗枯黄了，果子不结了。大尖哥叹气道："这日子怎么过呀？"水社姐看到丈夫唉声叹气，就说："太阳、月亮一定都落在地上，我们去找它们，要回光明。"于是夫妻俩手执火把，翻过座座高山，穿过层层密林，踏过条条湍急河流……

这一天，他们爬上一座大山，远远望见有一个水潭一亮一黑。夫妻俩立即奔到大潭边，看见一对大恶龙在潭里游来游去，像玩大水球一样，吞吐着太阳和月亮。夫妻俩越看越恼火，便商量着如何才能杀死恶龙，夺回光明。他们向前走去，忽然发现一个岩洞。大尖哥说："这洞可能是龙的家。"说着，他们俩钻进洞里，走了很久，终于看到亮光，还有一个慈眉善目的老婆婆在烧饭。夫妻俩向老婆婆说明来意。老婆婆告诉他们，她是被恶龙卷到岩洞里来的，每天替恶龙做饭。老婆婆还说，恶龙最怕阿里山底的金斧头和金剪刀。

夫妻俩告辞老婆婆，日夜兼程来到阿里山脚下，拼命挖呀挖、凿呀凿，不知过了多久，在他们俩身后堆起了一座座小山峰。有一天，深深的洞里放出了红光，金斧头和金剪刀出现了！他们俩捡起金斧头和金剪刀，跑出了洞，直奔双龙居住的潭边去。

此时，大尖哥把金斧头丢下潭去，只听“轰隆隆”一声巨响，两条恶龙从潭底翻起，掀起几丈高的浪花。水社姐急忙把金剪刀也丢下潭，只听“咔嚓”一声巨响，两条恶龙的头被剪断了，吐出了太阳和月亮。

大尖哥和水社姐照老婆婆教的办法，吞下龙的眼珠。忽然，他们变得又高又大。他们捧起太阳和月亮，用力抛回天空。从此，日月轮番放出光明，人们又过上了正常的生活。为了防止太阳和月亮再掉进潭里，夫妻俩直挺挺地守在潭边。年复一年，大尖哥和水社姐变成两座雄伟的大山。

后代的人们就把这个潭叫作日月潭，把这两座山叫作大尖山和水社山。

词语积累

唉声叹气：因伤感、忧闷、苦痛而发出叹息。

慈眉善目：形容人的容貌一副善良的样子。

阅读感悟

大尖哥和水社姐为了大清溪的百姓能好好生活，历经千难万险，勇敢地杀死恶龙，使人们重见光明。他们为民造福、不怕危险、舍生忘死的精神令人感动。

国学点睛

日月潭是中国台湾风景优美的“天池”，很久以前就被选为台湾八大景之一，有“海外别一洞天”之称。

参考答案

P003 关于神仙或神化的古代英雄的故事，是古代人民对自然现象和社会生活的一种天真的解释和美丽的向往。

神话中说盘古氏开天辟地后才有世界。表示宇宙开始或有史以来。

P009 红楼梦

P011 少 shǎo（多少） shào（少爷）　都 dōu（都来） dū（首都）　长 zhǎng（长大） cháng（长度）

P015 守岁、扫尘、贴春联、贴年画、挂灯笼、吃年夜饭、发压岁钱等。

P017 天枢　天璇　天玑　天权　玉衡　开阳　摇光

P021 如，犬马之报、结草衔环、乌鸦反哺、羊羔跪乳。

P023 叫作“箸”。

P025 如，仓颉造字。

P027 陕西省延安市黄陵县城北的桥山上

P031 在绳子上打结；在绳子上打圈圈，在圈里挂贝壳。

P037 凤凰通晓天时，负责颁布历法；苍鹰威严公正，主管刑狱；布谷鸟调配合理，主管水利及营建工程。

P039 kù　hú　jù　yǎn

P041 意恐迟迟归　报得三春晖

P043 湘夫人

P045 略

P047 大禹治水。

P051 因为后羿为老百姓除了害，所以大伙儿都很敬重他。

P055 洛神赋

P057 示例：床前明月光，疑是地上霜。　月落乌啼霜满天，江枫渔火对愁眠。

P061 人有悲欢离合，月有阴晴圆缺，此事古难全。

P065 示例：春天　万物复苏

夏天　杨柳飘飘

秋天　果实累累

冬天　白雪皑皑

P067 略

P069 敬老爱幼、和睦相处。

P071 哪{nǎ（哪里）　né（哪吒）}　将{jiāng（将军）　jiàng（将领）}　兴{xìng（高兴）　xīng（兴风作浪）}

P073 气喘嘘嘘（吁吁）　魏然屹立（巍）

P079 没有觉察到，没有意识到。

形容杂乱细碎的声音。

P091 贝　8

又　8

P097 略

P101 重情　好赌　爱美

P105 原指长得和花一样美丽迷人，现在一般形容女性长得很美，魅力不可阻挡。

表示该地区风景美丽、气候宜人。

P107 盐有杀菌、消炎等作用。

P113 如，披星戴月、通宵达旦、夜以继日、任劳任怨、勤勤恳恳、起早贪黑。

P115 形容十分狼狈窘迫。

形容人对某事情一下子明白过来、突然醒悟，豁然开朗。

图书在版编目（CIP）数据

中国神话传说 / 靳瑞刚主编.—郑州：海燕出版社，2020.8（2023.11重印）
（中华优秀传统文化经典选读）
ISBN 978-7-5350-8324-1

Ⅰ.①中… Ⅱ.①靳… Ⅲ.①神话-作品集-中国 Ⅳ.①I277.5

中国版本图书馆CIP数据核字（2020）第116059号

中华优秀传统文化经典选读 中国神话传说

出 版 人：李 勇 美术编辑：李岚岚
选题策划：刘 嵩 责任校对：李培勇
责任编辑：李玉凤 责任印制：邢宏洲

出版发行：海燕出版社
地址：河南自贸试验区郑州片区（郑东）祥盛街 27 号 邮编：450016
网址：www.haiyan.com
总编室：0371-63932972 发行部：0371-65734522
经　　销：全国新华书店
印　　刷：深圳市福圣印刷有限公司
开　　本：16 开
印　　张：8
字　　数：160 千
版　　次：2020 年 8 月第 1 版
印　　次：2023 年 11 月第 2 次印刷
定　　价：24.80 元